戦後思想の挑戦

江藤淳

Etō Jun

神話からの覚醒

高澤秀次
Takazawa Shuji

筑摩書房

江藤　淳——神話からの覚醒＊目次

江藤 淳

神話からの覚醒

造本・装訂　間村俊一
シンボルマーク・オブジェ製作＝佐中由紀枝／撮影＝林朋彦

序章

「自由」をめぐる論争

1　無条件降伏論争

一九五〇年代の半ばに『夏目漱石』でデビューした江藤淳は、九〇年代末にライフ・ワーク『漱石とその時代』の完成を目前にしたところで、自ら命を絶った。二十一世紀の日本を、文学の二十一世紀を見ることなく、誰もが当惑を禁じ得なかった自殺という方法を選んだ江藤淳の、片時も休むことのなかった半世紀に近い批評活動は、そのようにして不意に断ち切られた。

若き日にはサルトルを、E・H・エリクソンを愛読し、晩年にはレヴィ＝ストロースにもミハイル・バフチンにも、フェリックス・ガタリにさえ言及したこの有為の批評家は、だがその守備範囲の広さや博覧強記を特徴とする文学者ではなかった。彼は語りすぎるほどに「私」を語った。一方で彼は、「私」の氾濫する近代文学の世界に、初めて客観的な「他者」という概念を導入した批評家でもあった。

他方、戦後復興期の政治的結節点となった一九六〇年前後には、反＝戦後派的な身振りの派手さによって、「転向」や「変節」の烙印を押されもした。七〇年代の後半からは、「政治と文学」という戦前からの二元論的問題機構を、最終的に無効にする占領下の新憲法の制定過程、さらには言論検閲の隠微な制度の内実を明らかにしつつ、今日に至るその拘束力を、閉ざされた言語空間の問題として新たに提起した。

この間の彼の言葉には、その何度かの批評的転回にもかかわらず、不揃いな断面や、不安定なブレというものが殆ど認められない。これはポスト・モダンを通過した、八〇年代以降の日本の批評言語の著しい不安定さに鑑みて、驚異に値する事実であろう。批評における、このブレのない安定した言葉の組成は、漱石の作品に表れた倫理に始まり、戦後のナショナリズムの問題に及ぶ全ての課題を、のっぴきならない「私」の問題としてしまった江藤の、独特の批評的「自己顕示」の方法とも密接に関連していた。おそらくそれは、グロテスクな「私」性の露呈とは本質的に別の、優雅に洗練された「私」性の協奏を、彼が複数のテーマを綜合する言葉の運動として、自己組織化させることに成功した結果なのである。

ならばその批評的な協奏曲の生成過程を、江藤の残したスコア＝テキストに沿って〝再演〟するためになすべきことは、江藤的な「自己顕示」の派手派手しさではなく、むしろその通奏低音たる喪失の哀しみの音調に、漸近することでなければならない。

江藤淳が言葉の端々に垣間見せる批評的「自己顕示」には、それに伴う露骨さを自動的に制御し、あるいは緩和する、底知れぬ寂寥感が何時もつきまとっていた。その同型的反復は、時に彼の批評を抒情的に染め上げ、あるいはその戦闘的な批評精神を、悲劇的な叙事詩のテンションで持続させる至芸としても発揮されたのである。

例えば江藤淳の存在を、代表的な戦後批評家というイメージから大きく逸脱させた、本多秋五との「無条件降伏論争」（一九七八年）においてさえ、彼は日本国家のポツダム宣言の受諾が、紛れもなく「有条件」であったことを、決して法学者や政治学者のように明証的に語ったのではなかった。ここでも彼は多分に自己顕示的に、日本の敗戦と占領の歪曲された意味の〝発見者〟として振る舞っていた。その身振りは必ずしも一様ではなく、時にクールに抑制されるべきところで度外れにウエットになるかと思えば、大胆不敵とも言える戦後民主主義神話への挑戦において、一転して悲劇的叙事詩の語り部のように、自身にとっての〝喪失の時代〟であった戦後への、鎮魂歌を静かに歌い上げたりするのである。

こうした明証さからはほど遠い、一見分裂した表現行為によって、彼はその喪失体験からどのように回復しようとしていたのか。癒されぬ寂寥感の自己検証と自己増殖の循環の過程で、江藤淳の批評言語は、個人的な寂寥を慰藉しつつ同時に再生産する、より大がかりな時代と国家の〝喪失の物語〟を欲望することにもなった。もとよりそれは、厳密な「事実」に裏付けられた〝喪失の物語〟でなければならなかったのである。

では江藤にとって、「無条件降伏」という致命的に不幸な錯認の歴史を覆し、占領軍の隠微な検閲によって歪められた言語空間を矯正し、「一九四六年憲法」の拘束から解放され、国家主権が最終的に回復されるなら、そこからもう一つのあり得べき正規の物語が始まり得たのであろうか。万事は目出度く、それで解決したというのであろうか。おそらくそうではあるまい。

江藤にとって重要なのは、厳密に「事実」に裏付けられた〝喪失の物語〟を、改めて彼自身が主体的に批評の言葉で「作為」し、「仮構」することだったのである。彼が短兵急な憲法改正論にも、単純な自虐史観の克服論にも、安易に同調しなかった理由がそこにある。その限りで彼は、政治学的または法学的な明証さなどを、端《はな》から信じてはいなかったのである。

彼が固執した彼自身の〝喪失の物語〟は、理不尽に持続する国家規模での〝喪失の物語〟に劇的に共鳴することによってこそ、その正統性を保証されたのだ。四歳の年に実の母を失い、少年期より肺結核を患い、戦後には家の没落を経験した江藤淳の自己回復は、この大枠の〝喪失の物語〟の持続に支えられ、そこで継続的にエネルギーを補給されていたのである。彼が明晰ではあっても、ついに明証的になり得なかったのは、このパラドックスのためである。

論敵になった本多秋五は、皮肉をこめて「政治学者」江藤淳の論理に疑問を呈しているが、的外れの感を否めない。『忘れたことと忘れさせられたこと』、『一九四六年憲法――その拘束』、『閉ざされた言語空間』の三部作で彼は、一貫して文芸評論家としての非凡な「自己顕示」の資質を酷使し続けていたのであった。そこに明証的ではない不透明な寂寥感が、影のように重なっていたことを見ないとするなら、彼の果てしなく持続する「戦後」を懐疑し、そこに有効な切断をもたらした批評的リアリティは、直ちに色褪せ、単に季節外れの反動的〝正論〟にとどまることになったであろう。

「無条件降伏論争」は、当事者の二人がともに他界した今日においてもなお、見直されるべき内容を含んでいる。今改めて振り返って見ると、江藤淳の憤りの矛先は、まず日本が無条件降伏したわけではなかったのに、占領政策がポツダム宣言の規定に反する形で、「無条件降伏」の「思想」の

「露骨な実践」として現れたことに指し向けられた。本多はその前半部と後半部の論理的つながりが、よく分からないという。本多の思想的立場は、占領下の日本に言論・思想の自由がなかったという江藤の物言いが、「真っ赤なウソである」という一点に集約された。戦後文学者の面目躍如たる応戦であった。

江藤氏が、占領軍の政治は一方的に邪悪なものであったかのように書く、それが本心なのかどうか私には信じ切れない気がするが言葉通りに受け取るとすると、それは世にも邪悪一方なものであって、それに苦しんだ無辜（むこ）の良民と、悪乗りしてはしゃぎまわった軽佻児とがあったことになる。大体、ナポレオン初期の外征にも似た占領政治を、そのようにマイナスかプラスか、黒か白かと截然二分して考えるのが非現実的・非歴史的で、政治学者の江藤氏に似つかわしくない。（本多秋五、「江藤淳氏に応える（上）——占領下の自由と不自由」『毎日新聞』一九七八年九月七日付夕刊）

確かに江藤淳は、当時東京工業大学教授（一九七三年就任）として、積極的に政治的発言を行ってはいたが、少なくともここではおよそ「政治学者」らしからぬ手さばきで、戦後史の常識を覆す挑発的な問題提起を行っていたのだ。

そもそも江藤・本多論争のきっかけは、本多秋五の文学的盟友で、同じ『近代文学』同人の平野謙による『昭和文学史』(1)の以下の記述に対する、江藤の異見表明に端を発していた。それは、誰もが疑い得ない〝歴史的な常識〟と受け止めてきたことの、文学史への自然な浸透でもあった。

否、江藤淳その人にしてからがかつて、「日本が連合国に無条件降伏したという大前提」(「安保闘争と知識人」)などといった言い回しをしていたのだから、本当はそこに自己批判的なニュアンスを盛り込んでおくべきであったのである。江藤はだがそれをおくびにも出さずに、一方的に平野の謬見を告発したのである。このスタイルこそが、江藤の寂しい自己顕示の最たるものであっただろう。江藤が問題にしたのは、次の箇所だった。

日本が無条件降伏の結果、ポツダム宣言の規定によって、連合軍の占領下におかれることになったのは、昭和二十年(一九四五年)九月のことである。(『昭和文学史』第四章　昭和二十年代、第一節　占領下の文学)

一見、何の変哲もない記述である。ところが江藤によると、「ポツダム宣言」には「全日本国軍隊ノ無条件降伏」としか明記されておらず、したがって日本国自体は同宣言の規定によって、いわば「有条件」で降伏したことになり、しかもそれが一種の「国際協定」である以上、敗戦国の日本のみならず、連合国をも拘束する性質を備えていたはずだというのである。そしてこの事実が、日本の〝戦後〟の出発点でなければならなかった(だが、実際にはそうはならなかった)と江藤は、怒りをこめて告発するのだ。

　対する本多の主張はこうである。確かに江藤の言うとおり、日本の降伏はドイツの敗戦のように、「純粋の完全な意味における『無条件降伏』」ではなかったかも知れない。ただし、「そこには、いわば大括弧でくくられる『無条件降伏』の思想と、小括弧でくくられる『有条件降伏』の方式とが同時に存在する」（「『無条件降伏』の意味」『文藝』一九七八年九月号）。彼はこの大括弧が、小括弧を圧倒する現実だったと言うわけである。

　ところで平行線をたどったこの両者の論争が、内容的には政治性、歴史性に富んだ広範な問題を内包していながら、文壇内の論争に終始し、それ以上の社会的な広がりを獲得するに至らなかったのは、不幸な事実ではあったが、根拠のないことではなかった。つまり江藤にとってみれば、戦後の文学が陥っている袋小路は、先に触れた〝戦後〟の出発点の「密教化」と、それと裏腹の関係にある日本の「無条件降伏」説の「顕教化」の帰結ということになるのであり、この誤謬に満ちた「妄説」の無根拠性を明るみに出さない限り、文学は再生しないという結論になるのだ。

　そこで文壇外の言論人は概ね、これを「文学論争」として等閑視することができたのだが、事態の本質はむしろ少数の文学者のみが、江藤の提起した戦後的言説一般の存立基盤にかかわる〝季節外れの反動的正論〟に、危機的な関心を共有できたのだと言うべきであろう。亡き平野謙のピンチ・ヒッター本多秋五がここで身をもって[2]示した「戦後文学の党派性」（埴谷雄高）は、当人の意図を超えてこの最後の戦後文学論争の政治的価値を顕在化させ、合わせて江藤淳という批評家の、文学的個性を良くも悪くも全開させる手助けをしたことになる。

最終的に江藤は戦後文学一般を、「公平な言論を封殺した占領軍の政治的支配下に咲いた徒花と規定せざるを得ない」(「日本は無条件降伏していない」『毎日新聞』一九七八年八月二十九日付夕刊)と公言するに至った。江藤の「戦後」社会の存立基盤を問い直す作業は、「無条件降伏」説の全否定に始まり、占領期間中の米軍当局による言論「検閲」制度の精査、さらには実質的に占領軍の手で起草され、しかもその事実を秘匿された「一九四六年憲法」の拘束による戦後的言説の歪み、ひいては言語空間そのものの閉鎖性の本質を暴き出すという、タブーへの挑戦に連続的に波及していくことになる。

最初は故・平野謙の代理人を買って出たところから始まり、やがて本格的な応戦を強いられる本多秋五の立場は、あくまで戦後文学の擁護にあったのだが、それは戦後民主主義の擁護でもあり、また戦後憲法の擁護にも通じる江藤的正論への挑戦だった。

ただしポツダム宣言の受諾が、果たして「無条件降伏」を意味するのか否かの歴史的客観性をめぐって、最初に重大な疑義を呈した文学者は、江藤淳ではなかった。それはこの論争の十三年前に「當用憲法論」を書いた福田恆存である。その論旨はそっくり江藤淳に引き継がれているというより、江藤は福田論文を事実上剽窃したに過ぎないのである。それは一九七九年から翌年にかけて、江藤が米ワシントン市のウッドロウ・ウィルソン国際学術研究所で行った、占領下の検閲についての一次資料の徹底した探索の前段階の話ではあるが。

すなわち福田恆存は、先の論文ですでに連合軍による無条件降伏要求が、日本国政府に対するものではなく、単に日本の軍隊に対するものであって、そこには日本軍の解体さえ明示されてはいない事実を暴露したのである。さらにそこから彼は、こうした「ポツダム宣言」の内容を伏せ、国民大衆にそれが「無条件降伏」であったかのごとき錯覚を与えてきたのが、「平和憲法」を謳歌強要してきた「進歩的知識人」の戦後責任であり、改めてそれは糾弾されねばならないと語っていたのだ（拙著『戦後知識人の系譜』参照）。

江藤・本多論争は、この福田の最初の問題提起を全く無視して行われた。戦後を代表する保守派の言論人にして、ともに文芸評論家であった福田・江藤の個人的に微妙な関係を、私は具体的に何も知らない。ただしかし、福田の名を伏せたまま、「無条件降伏」の誤謬を暴き立て、平野・本多に代表される『近代文学』派の戦後文学者の了見を全否定する江藤の自己顕示的な論争術は、公平に見て決してフェアなものとは言えなかった。

2 検閲された「自由」への異議

だがそれよりも特筆すべきことは、福田・江藤という文学者のここでの問題提起以外に、戦後社会の存立基盤にかかわるこの問題を本格的に思考の対象とした言論人が、皆無だったことであろう。このような形で戦後を根底から疑ったのが、彼ら文学者以外になかったという事実は、この非文学的な難題に畳み込まれた文学問題の扱い難さの証明でもあった。戦後日本の「国民」の誕生とその成長、さらには頽落の全過程に、「言葉」がいかに関与したか、それは社会科学ではなく「文学の課題」以外ではなかったのである。

それにしても、占領軍の「検閲」の内実を、例えば丸山（真男）学派の名だたる政治学者の一人だに問題にしなかったというのは、やはり異常な事態だったと言えはしまいか。丸山の名声を決定的なものにした「超国家主義の論理と心理」（『世界』一九四六年五月号）にしてからが、「検閲」を通過した反日親米的内容に彩られた、占領下の日本にあってのこれ以上にない模範的論文であったことは、江藤の議論に照らして看過できない問題であろう。

では転向研究や、日本の大衆文化の発掘に、否定しがたい業績を残した鶴見俊輔ほか『思想の科学』グループは、どうこの「検閲」問題に対応しただろう。彼らとて同じである。戦後民主主義の中心的な担い手であった、これらかつての「進歩的知識人」たちは、この意味で〝進駐軍は解放軍である〟と、諸手を挙げて歓迎した日本共産党（後にその党員たちは冷戦の進展に伴うレッド・パージの対象となり、主だった者は公職追放の憂き目にあうのだが）の同類だったのである。

戦中戦前にあって、確かに日本人の言論は弾圧された。コミュニストの転向は、その結果である。ところで、弾圧がとりあえず解除されたことをもってすっかり安堵し、台風一過の空を仰ぐように、転向をあたかも身に降りかかった天災のように受け止め、与えられた「自由」の根拠を疑わない主体は、永遠に権力に「抵抗」する主体として回復することは不可能であろう。進駐軍を前にした、獄中非転向者の〝抵抗〟の解除についても、この意味では楽観的に過ぎたと言えよう。輝かしき戦後啓蒙期にあって、「戦後民主主義を『占領民主主義』の名において一括して『虚妄』とする言説」（『現代政治の思想と行動』増補版への後記）に対し、真っ向から異議を唱えたのはかの丸山真男だった。だがその言説は、余りにもアメリカの〝善意〟に甘えかかったものではなかったか。「超国家主義の論理と心理」では、彼はこう述べている。

日本帝国主義に終止符が打たれた八・一五の日はまた同時に、超国家主義の全体系の基盤たる国家がその絶対性を喪失し今や始めて自由なる主体となった日本国民にその運命を委ねた日でもあったのである。

丸山の論法によると、悪しき日本帝国主義の下での〝不自由なる主体〟にすぎなかった「日本国民」は、敗戦によって天恵のごとく、「自由なる主体」に格上げされたことになるのだ。「帝国」の権力との、いかなる主体的な闘争も抜きに。この恐るべき楽観主義は、運を天に任せる農耕民族に独特の、非主体的かつ無責任な論理の典型であろう。占領軍当局が、こうした模範的に非主体的なエリートによる、反日親米的バイアスのかかった論文を大歓迎し、無条件で検閲を通したのは申すまでもあるまい。

「占領民主主義」は「日本帝国主義」よりましであり、大日本帝国の「実在」よりは「戦後民主主義」の「虚妄」の方に賭ける（前掲書同後記）と豪語した丸山は、この言説によって、前近代的な主体から近代的主体への飛躍を、主体的に自ら勝ち取るのではなく、ただ与えられるものであるという、占領民主主義にお誂え向きの受動的論理を、無意識のうちに主導していたのである。

その丸山が『日本政治思想史研究』を書き継いでいた戦時期に、獄中にあった非転向の共産党員は、確かに占領軍の手で解放されたのであった。ＧＨＱにより与えられた「占領民主主義」は、「占領」に屈辱感を抱かない主体にとっては、まさに解放のシンボルであったろう。丸山真男も徳田球一も、その「民主主義」の「自由」の空気を手放しで歓迎したことに変わりはなかったのである。そうした彼らが、言論の「自由」が「検閲」を通過した結果の「自由」であったという厳然たる事実に無頓着であったのは、むしろ当然であっただろう。

江藤の問題提起の実践的成果の一つは、占領軍による戦後の検閲の特徴が、その痕跡を抹消しつつなされた、戦中戦前より以上に隠微なものであったことの根拠を、膨大な一次資料を読み込み、実証的に明らかにしたことにあった。その事実に無自覚なままに、日本の思想・文化は戦後においてこそ滅亡の道を歩み、日本人の自己破壊＝自己喪失は今日に及んでいると江藤は語る。したがって江藤による、増殖し続けるタブーへの果敢な挑戦は、そのまま彼自身の自己回復の物語の権利要求の形を取ることになったのである。

対する本多秋五は、自覚的に「天皇制」や「軍国主義」の呪縛からの解放の余韻から、醒めまいと意志した文学者だった。江藤との論争で彼はこう述べている。

戦争末期には、『中央公論』も『改造』もつぶされていた。三木清も戸坂潤も獄中にあり、吉田茂さえ逮捕拘禁されていた。現在の自民党や社会党になる政党が結成されたのも戦後の占領管理下なら、労働組合の復活ももちろんそうであった。戦後になって、無数の雑誌や新聞が全国にわたって、雨後の筍のように、秋の茸のように簇出した。新刊書を求める人の行列が岩波書店を七巻き半まいたという伝説はどこから、なぜに生まれたのか？（前出「江藤淳氏に答える（上）」）

これも本多なりの、非の打ち所のない〝正論〟と言うべきであろう。その他の争点を含めた江藤の反論は、概ね以下の通りであった。

（本多は）占領下の日本人の「苦しみ」は、日本の支配階級がその責めを負うべきものであり、「占領政治のせいに帰するのはお門違いである」と断定するが、では昭和二十二年の二・一スト中止は、そして昭和二十五年六月六日、徳田球一以下二十四名の日共幹部が公職追放の指定を受けたのは誰のせいか、いずれも占領軍最高司令官マッカーサーの命令によるものであり、占領政策の仮借ない実施以外のなにものでもない。これが「自由」な状況だろうか？（「再び本多秋五氏へ」『毎日新聞』一九七八年九月十八日付夕刊）

本多氏とその友人たちが、マルクス主義からの転向者であるからには、いったんは日本国家への忠誠を誓ったはずであり、それによって無慮二百五十万の戦死者の霊と連帯したことになる。そのことを敗戦で「ホッとした」瞬間に忘れたのか。そして戦後の再転向の際には、痛みもなく「苦しみ」もなく、ただ〝解放〟の喜びだけがあったのだろうか。では彼らはその際、「日本国家への忠誠」を、どこにどう処理して来たというのだろうか？（「再び本多秋五氏へ」および「本多秋五氏への反論」同紙同年八月二十九日付夕刊）

本多の「自我」は、アメリカの国家意志が旧日本国家を否定してくれたあとの空白にチョコンと居直って、我が世の春を謳歌したというにすぎない。日本の戦後は、本多の思想によってもたらされたものではない。それはあくまでも占領軍によって形成されたのである。（「再び本多秋五氏へ」）

こうして江藤の論旨をたどって気づくことは、彼が「戦争」と「占領」を絶対化し、それによって「戦後」の徹底的な相対化を試みようとしていることである。これに対して本多の思想的な価値基準が、あくまで「敗戦」と「戦後」にあることは明らかである。

ところでちょうど二回り年の離れた両者（一九三二年生まれの江藤、一九〇八年生まれの本多）の論争が、さしたる実りもないままに終わったのは、すり合わされるべき論点を、何故か双方とも慎重に回避していたからなのであった。例えば江藤が問題にする占領軍による検閲が、いかなるものであったかを、戦後間もなく刊行された『近代文学』の中心的なメンバーだった本多が、体験的に知らぬはずはなく、事実、『朝日ジャーナル』の編集者（当時）千本健一郎のインタビュー「人間訪問」（同誌一九七八年十月六日号）に答えて彼は、実に興味深い事実のいくつかを開陳しているのである。

原民喜の『夏の花』をめぐっての貴重なエピソードなども、その一つであろう。この作品の『近代文学』への掲載について、本多は「『しかし、原爆のことを書いてるから、どうも危ない。GHQの意向を打診してみよう』ということで聞いたら、やっぱりだめだった」と、当時を振り返って語っている。

こうした事実の公表は、戦後の言論の不自由を強調する論敵江藤に恰好のカードを握らせるようなものではあったろう。だが本多はこの事実を、インタビュアーにではなく、やはり直接江藤に差し向けるべきだったのではないのか。何故ならそこには、占領時代の検閲を実体験し、その「苦しみ」を直接知っているのは江藤ではなく、『近代文学』というメディアの中心にいた本多自身であったという、転倒した関係が隠されていたからである。

では本多の強調する戦後の「自由」とは、いかなるものであったのか。このインタビューで彼は、伸縮自在に適応され、戦争が進むにつれて拡大解釈された「治安維持法」が、日本の敗戦によって全部、撤廃されたのだから「明らかに、大きな自由の幕が切って落とされたわけです」と語る。江藤は逆にその戦時期の左翼たちの「苦しみ」を、事実上見ないことにしたのである。そして彼らの戦後における再転向を、無節操だと難じたのだ。これでは水掛け論である。

占領軍による痕跡をとどめないような隠微な検閲についても、本多は体験者として「それは明らかな事実」と認めているのである。しかしまた、「農地解放」のような「大革命」を行ったのも占領軍で、あれだけの外科手術は日本人のだれにもできなかったし、「とにかくあそこで言論の自由が初めて確立された」ことのプラスを、認めねばならないというわけである。

こうした本多の受動的論理からする「自由」肯定論には、江藤ならずとも異論のあるところであろう。なんとなれば、本多は治安維持法に象徴される、日本の内部の権力によって転向を強要されたことに屈辱を感じることはあっても、占領軍という日本の外部の権力により思想的な解放を許容され、それを自らが勝ち取ったわけではないことに、全く何の痛みも感じてはいないからだ。獄中非転向者の解放も、農地解放も占領軍がやってくれたことだ。だが転向左翼は、果たして単純にそれを喜ぶだけで事がすむのであろうか。それでは、占領軍による二・一ストの中止命令に涙を呑み、切歯扼腕するだけの共闘議長の「苦しみ」を、江藤淳に小馬鹿にされても致し方あるまい。苟も一度は人間の本源的自由に憧れ、「革命」を志した人間が、そんな「自由」に満足できる道理はないからである。本多たち第一次戦後派世代の文学者にとって、「戦争」とは、「転向」とは、その程度の災難に過ぎなかったのであろうか。

さらにまた、本多に代表される戦後派の「自由」への思想的感度が、マルクス主義ないしは社会主義思想における自由の定義に照らして、大いなる矛盾を含んでいることも明らかなことである。それと言うのも、ブルジョア革命の指導理念であった自由・平等・友愛が近代市民社会、資本主義社会においては真に実現不可能であるということは、この思想（運動）に加担する者の大前提でなければならないからである。

そして、「〝自由〟実現のポイントは政治権力・国家権力による禁圧や制限の解除・撤廃にある」（廣松渉「マルクス主義における自由・平等・友愛の行方」『群像』一九九三年一月号）ことも自明であって、それは内部の権力であるか、占領軍のような外部の権力であるかを問わないからである。

こうしてみると、江藤淳による戦後体制の下で許容された「自由」への根本的な異議申し立てが、実は左翼陣営から提起されたとしても一向に不思議はなく、むしろそれが自然でさえあったという、歴史のイロニーがここに認められることになる。いずれにせよ本多は、占領民主主義やその制限下での「自由」を、あれほど有り難く押し戴くべきではなかったのであり、与えられた「自由」の次なる獲得目標を、ポジティブに思考のプログラムに、組み込んでおくべきだったのである。

こうした「自由」についての左派知識人の錯認をはびこらせる程に、治安維持法下の戦中・戦前の言論弾圧は、凄まじかったという論法も、もちろん可能ではあろう。アメリカ軍の検閲に関しては、左派知識人のみならず、中村光夫のような批評家も、検閲のあとが残らないような巧妙な工夫を、「民主主義的」と評価（『明治・大正・昭和』）するような風潮が、当時としては支配的だったのである。

だがその際、敗戦＝解放という図式は、日本の知的風土に特徴的な懐疑なき「実感信仰」（丸山真男）の最たるものであることをも、同時に認めねばなるまい。本多のコメントに戻ると、原民喜の『夏の花』(3)の『近代文学』掲載問題をめぐり、「原爆のことを書いてるから、どうも危ない。GHQの意向を打診してみよう」という実感的回想を屈託なく語り、そこから占領下の日本の「自由」についての批判的考察に歩を進めることのない態度は、どう見ても微温的と言わざるをえないのである。だが問題は、それだけに止まらないだろう。

転向により、消極的にせよ国家に忠誠を誓ったはずの彼およびその盟友たちは、「敗戦時の再転向の際」には、それをどこにどう処理して来たのか、と江藤淳に問いつめられた本多は、その口吻を「昔の憲兵か、陸海軍の学校の教官か、書物の上でのみ知る異端審問官を彷彿とさせる」(「江藤淳氏に答える(下)」『毎日新聞』一九七八年九月八日付夕刊)とまで語っている。

ところで本多は多分ここで、ある重要なことをひた隠していたのだ。アメリカに守られた自らの思想的〝再転向〟の合理化という事実を。あるいはそれは、この論争から三十年以上の時を隔てた今日、漸くはっきりしてきたことかもしれないのだが。右の引用の後段の部分で本多は、さらに江藤の口吻を「岡っ引きのユスリがましい」といった卑しい比喩を重ねた上で、最終的に彼が「支配者」の立場、「治者」の立場に立っていると述べている。顧みて他を言うとはこのことであろう。だが江藤のここでの語り口は、そう単純なものではなかったのだ。すなわち彼は、治者の立場とともに被治者の立場、アメリカという治者(=主)の占領下にあり、「現在」もなおその拘束から自由ではない「民族」(=奴)の悲憤を、同時に語っていたからである。この両義性が辛うじて、本多に対する江藤の複眼的思考の優位さを保証するものであったのだ。

同様に江藤の本多秋五に対する物言いも、必ずしも治者的な立場からの強圧的なものではなかっただろう。意外に思われるだろうが、江藤淳の本多批判の語り口は、戦後民主主義を信奉する護憲派の大学教授を、〝大衆団交〟でサディスティックにいじめ抜く、全共闘学生の〝正義の論法〟にも酷似していたのである。思想的なベクトルは、全く逆ではあるが。

日本の六八年世代の当時の行動に、ただ一つ思想的な意味があったとすれば、それは戦時期に一度は国家に忠誠を誓った学者たちの、戦後におけるなし崩し的「再転向」の無節操さ、その結果彼らが手に入れた進歩派としての思想的〝通行手形〟の欺瞞性に対する、無垢なる戦後世代からの告発、というところ以外にはなかったのである。

彼らのうちの良質な部分は、さすがにその無垢なる手の白さの持つ欺瞞性に、無自覚ではいられなかった。教授陣に「自己批判」を迫る彼らは、そこで「自己否定」という卓抜な対句を考案したことで墓穴を掘り、不毛な消耗戦のうちに自滅の道をたどっていくのである。

本多秋五を責め立てる江藤淳の〝不敗の正論〟を、憲兵や岡っ引きのそれに喩えるのは、本多ならではの微笑ましいアナクロニズムと言うべきで、ここで演じられていたのは、戦後文学の良心を代表する旧『近代文学』同人と、戦後民主主義の洗礼を受けた第一世代である江藤との世代間闘争であった。もとより江藤は、「自己否定」などという野暮な言葉を吐きはしない。ただしかし、彼は戦後における国家の「自己喪失」の物語を、自らの物語に重ね合わせ、その絶対的寂寥感を文壇的コミュニケーション＝〝大衆団交〟の起爆剤に用いたのであった。戦後民主主義の優等生・大江健三郎と違い、それを懐疑の思考対象とした江藤は、それが占領軍に〝配給〟されたものであることを伏せることで、結果的に戦後における思想的〝再転向〟を合理化した前世代に、攻撃の矢を放つことになったのである。

3『近代文学』派との争点

「無条件降伏論争」が、単独者・江藤の本多秋五ら『近代文学』派との世代間論争（既述のごとく本多秋五は当初、故・平野謙の代理人として江藤を論駁しようとした）でもあったことは、第二章で改めてみることになる江藤・埴谷雄高論争と重ね、さらに『昭和の文人』における愁霜烈日の平野謙批判を想起することで、その対立図式がより鮮明になろう。もう一つ、ここで補足しておかなければならないのは、江藤の前世代への攻撃のスタイルが、文学者の戦争責任を問う吉本隆明のそれにも相似していた事実であろう。

例えば「前世代の詩人たち」での吉本の強靭な攻撃力は、どのように発揮されたか。周知のように吉本は、壺井繁治の戦時期の詩「鉄瓶に寄せる歌」（『辻詩集』）と、戦後の「鉄瓶のうた」を比較し、前者でくず鉄として献納された南部鉄瓶の「擬ファシズム的」機能が、後者ではたちまち「擬民主主義的」機能に平行移動している事実を鋭く指摘、思想的ベクトルを百八十度変換させただけの無内容な詩が露呈させる、「戦争体験」の主体化の欠如を批判したのであった。

この前世代を代表する左翼詩人が吉本を立腹させたのは、彼が戦中の転向と戦後における再転向を何ら内省することなく、「日本の進歩的な部分が、民主主義革命への道に向かって必死の戦を続けている今日、今度の戦争を通じて自分の果たした反動的な役割に対して、いささかの自己批判を試みようとはしない」と居丈高に、高村光太郎を攻撃したからである。周知のように吉本は、自らの「高村光太郎論」によって、「戦争体験」の主体化を実践しつつあった。

いずれにせよ、吉本は「戦争」を挟んでの転向から再転向への思想的連続＝平行移動に切断をもたらしたことで、後の江藤のスタイルを先取りしていたことになる。ここでかつての皇国青年・吉本と少国民・江藤は、自らの世代体験に賭けて、「終戦」でも「敗戦」でもなく、「戦争」そのものを戦後的価値創造の原点に据え、もって「死からの解放」を自明の前提とする「戦後」という時代への違和感を表明したのである。

吉本が前世代の詩人たちや、花田清輝のようなコミュニストを相手に、思想的な事件としての「戦争」の強度を、告発的なスタイルで前景化したように、江藤は敗戦による「死からの解放」を、占領下の「自由」と錯認する本多的戦後派の「自己批判」ならぬ「自己覚醒」を、たった一人の大衆団交の中で、単独で迫ることになるのだ。

「戦争」を通過し、その悲惨さを語ることで、戦後文学の第一世代となった人々は、「死からの解放」を疑わなかったことで、逆説的に死の恐怖を主体的に克服することに失敗した永遠の「奴」だったのではあるまいか。批評的五十五年体制の左右のシンボルである吉本・江藤は、こうして彼ら前世代の思想的アキレス腱を押さえ、非主体的な「死からの解放」ではなく、死の恐怖を克服した「主（体）」として、首尾良く戦後思想の勝利者の地位を獲得したのだった。占領下の日本に「自由」な雰囲気を感受すること自体、江藤にとっては「死からの解放」を欺瞞的に正当化した、「奴」の屈辱的振る舞い以外ではなかったのである。

ところで、ここでの「死からの解放」とは、本多秋五に続く『朝日ジャーナル』の江藤へのインタビュー（「人間訪問」同誌一九七八年十月二十日号、『忘れたことと忘れさせられたこと』所収）の中に出てくる言葉(4)である。重要なのは江藤の言う「死からの解放」が、「死の恐怖」=「絶対的な主人への畏怖」（ヘーゲル『精神現象学』）の主体的な克服とは、根本的に別であるということだ。ヘーゲル的に言えば、「死からの解放」を無自覚に受け入れた本多的な戦後派は、ついには奴隷的な意識から自由であることはできないのだ。江藤流に言い直すと、彼らはこの「解放（感）」の錯認によって、永遠にアメリカという「絶対的な主人への畏怖」から、自由ではあり得ないからである。それではここで江藤淳は、脱戦後志向の反米思想に与していることになりはしないか。

然りである。だが江藤淳の〝反米〟は、あくまでアメリカという、戦後日本にとっての「絶対的な主人への畏怖」からの「自由」というところに重点がある。この点について江藤は、先の『朝日ジャーナル』のインタビューで次のように述べている。

つまり、アメリカの対立者として見るときも、被征服者として見るときも、あるいは新しい友邦として見るときも、アメリカは日本を葛藤の相手として冷たくとらえ、いつも日本の正確な輪郭を把握しようとしている。しかし、日本人が自国について醒めた眼で正確にその輪郭をとらえ得ているかというと、必ずしもそうではない。これは保守、革新を問わない。保守党は、一方ではナショナリズムの強調を使命としながら、他方、つねに日米協調を説きつづけなければならない。他方、革新は、一面で反米ナショナリズム結集の努力を続けながらも、半面、占領政策を凍結したマッカーサー製の憲法護持を叫びつづけなければならない。両方とも自己矛盾がある。いずれもつまり、上目遣いにアメリカを見上げることに馴れすぎている。それが、戦後という時代が日本人に課している最大の知覚のゆがみ、認識のゆがみではないだろうか。

こういう明晰な対米認識を、私たちは本多秋五およびその盟友の誰からも、一度も聞いたことがない。「国家」や「治者」の立場からものを言えば、これほど明晰になれるというものではあるまい。ここでの江藤のアメリカへのリアルな眼差しは、だが「自己喪失」の物語に憑かれた男の、転生と自己回復のためのある種の投機なくしては、獲得不可能なものだったのである。

江藤淳はそのためにこそ、戦後派と最終的に訣別したといってもよかった。アメリカからの自立が、戦後日本の「自己回復」の第一歩であるとするなら、江藤自身の「自己喪失」の物語からの新たな転回は、そのアメリカという「絶対的な主人への畏怖」の自己克服による、「奴」から「主」への転生でなければならなかった。もはやこの思想的な投機を主体的に決意した江藤が、非主体的な「死からの解放」に、「自由」を「実感」してしまった本多的な戦後派と訣別するのは、必然の成り行きであっただろう。

このとき江藤は、本多に代表される戦後的ヒューマニズム思想の背後に、志賀直哉、武者小路実篤らに代表される、「白樺派」のヒューマニズムを見ていたことは確かなことだった。もとより本多秋五は、『白樺派の文学』の著者であり、志賀直哉、トルストイに傾倒し「自我」と「倫理」の二元論から、出発した批評家だった。

江藤はその本多の戦後的な再転向を経た「自我」が、アメリカの国家意志が旧日本を否定してくれたことの賜物であり、それを自覚しない限りにおいて、自己満足的な「我執」にすぎないと断じた。一方、志賀直哉流の著しく肥大した「自我」と不可分の、他者欠如の「垂直的倫理」を、江藤はデビュー以来、夏目漱石の日常生活のリアリズムに根ざした「水平的倫理」によって、徹底的に相対化していたのである（『夏目漱石』）。

だがそれでもなお、江藤淳という批評家が、戦後文学の正統なる嫡子として出発したことに疑問の余地はない。太平洋戦争の敗戦以後、昭和二十四、五年にいたる短い時期の戦後文学――まさにそれは占領下の文学だったのだが――の可能性を、江藤淳が最大限に評価していたことは、紛れもない事実（「近代散文の形成と挫折」『作家は行動する』その他を参照）なのである。『朝日ジャーナル』のインタビューで本多秋五が、「あの人は、もともとは戦後派から出発した人なんですよ」という言葉は、だから作り話ではないのだ。

ところで江藤淳の戦後派との訣別には、例えば本多の語る、次のようなエピソードに対する江藤の感情的反発も、見逃せない要素としてあっただろう。

荒（正人）君の書いたものを見ると、埴谷（雄高）君が経済雑誌なんかやってたから割合に情報が早く入って、八月一五日より二日ぐらい前じゃなかったかな、日本の降伏ということを早耳で知って、埼玉県のどこかへ買い出しに行ったとき、だれもいない川原か何かを歩きながらうれしさがこみ上げてきて、からからと奇怪な哄笑をしたというんです。(5)

この埴谷の「奇怪な哄笑」は、そのまま彼の未完の大作『死霊』の登場人物が発する「あっは」と「ぷふい」という、現実拒否の「奇怪な哄笑」に通じていよう。その徹底してユーモアの要素を排除した、引きつったニヒリズムの笑いは、どこまでもあさましく、そして純粋に非現実的であるそのピュアさにおいて美しい。

「死からの解放」が、「自由」の「実感」や「奇怪な哄笑」に結びついた戦後派と違い、江藤の戦後においては、そこから直ぐに「喪失」が始まったのである。少なくとも敗戦に打ちひしがれ、持ち家を失い没落の道をたどるエリート銀行員の長男だった当時の少国民・江頭淳夫（江藤の本名）は、本多や埴谷のように「哄笑」の余裕をもって敗戦を迎えてはいなかったのである。戦後においても病弱な彼は、「死からの解放」を直ちに「自由」と錯覚するほどの楽観から、絶望的に見放されていたのだった。

江藤と『近代文学』派の面々とのこの精神史上の断絶は、当然にも戦時中の少国民と、その頃すでに思想形成を終え、転向を通過した彼らとの「自由」への思想的感度の落差に帰因している。この派の人々の「自由」への飢えと、それゆえの錯覚については、戦時期の彼らの精神の構えを洗い直すことで、江藤とは別角度から照明を当てられるだろう。

例えば坂口安吾の「魔の退屈」によると、荒正人と平野謙は戦時中から敗戦後の日本に生き残って、石に齧りついてでも発言権を持とうと言い合わせていたという。その真剣さは、安吾の眼にひどく滑稽なものに映ったらしい。彼はそこでこう語っている。

つまり荒君は非常に現実家のようだが、根底的には夢想家なので、平野君とて、やっぱりそうだ。俺だけは玉砕せずに手をあげて助かって帰ってくる、という、ひどく現実的な確信のようだが、戦争という全く盲目的、偶然的、でたとこ勝負の破壊性のこの強烈巨大な現実性を正当に消化していない観念的な言葉のような気がした。

この安吾の明快なリアリズムからは、およそ非現実的で滑稽な彼らの生き残りへの情熱が透視される。後に江藤淳は、こうした安吾の散文的リアリズムの最良の部分を継承して、荒・平野的な戦後派の「第二の青春」への妄想的な情熱を、「青春の荒廃」という殺し文句で封殺したのである。江藤のここでの戦略は、第一次戦後派的な「左翼」=「青春」の物語の、戦後的延命を断ち切り、最終的に解体することであった。「青春」の切断の先に、江藤が「成熟」という理念を用意していたことは間違いない。もとより「成熟」とは、彼にとって、アメリカという「絶対的な主人への畏怖」からの戦後の日本人の「自由」という意味を含み持っていた。

昭和十年代の文学的青春に回帰しつつ、戦後における「第二の青春」に妄想的な意味を付与すること、その荒廃と自閉こそが、日本の文化と思想の殲滅を目論む占領（軍）の思想を体現したものではなかったのか。このとき「死からの解放」は、国家主権の事実上の剝奪という、より重大な問題を隠蔽する罠だったのではなかったか、江藤はそのように問うたのだ。

『成熟と喪失』という、江藤の問題意識を凝縮した評論集が、その根底的かつ潜在的なテーマとして、戦後日本にとってのあるいは戦後の日本文学にとっての「アメリカ」を問題とせざるを得なかった必然がここにあった。だがしかし、「喪失」をあがなうために「成熟」があるのではない。戦後派と訣別した江藤にとってのこの分裂したテーマは、「喪失」を自身の物語としてアメリカから主体的に奪還し、自ら所有し直すことで、「絶対的な主人への畏怖」から最終的に「自由」になる主体＝主権回復のための文学的実践＝投機だったのである。

だがそれは、今ここで詳述すべき事柄ではない。私たちは、この問題を終章で改めて論じることになるだろう。『成熟と喪失』から『漱石とその時代』第三部以降への転回を中心に、江藤の「アメリカ」体験後の批評世界をたどるエピローグに行き着く前に、私たちはそれ以前の江藤淳の「世界」に、多方向的な漸近線を描き出しておかなければならない。そのために、何をなすべきなのか。それは彼の処女作『夏目漱石』が、ある意味で『漱石とその時代』以上に優れた「評伝」作品であったように、江藤淳とは誰かという問いをめぐる本質的に「評伝」的な作業を、多重多層的に積み重ねること以外にあるまい。私はそこから、たった一人の江藤淳が、複数の貌を見せながら私たちの今に親しく近づいて来てくれるであろうことを毫も疑わない。

第一章

現代批評における「他者」と「私がたり」

1 「自分を一個の虚体と化す」

昭和三十年（一九五五）、「夏目漱石論」で鮮烈なデビューを飾った江藤淳は、その事実を自筆年譜の該当個所に次のように書き記している。

『夏目漱石論』は「三田文学」十一月、十二月号に分載さる。「江藤淳」と署名す。狐につまれたような気持なり。

この論考は、肺結核を再発させ、慶応大学（英文科）第三学年への進級がやっとで、就職の望みを事実上絶たれた江藤が、同誌編集担当の山川方夫（後の作家）の依頼を受けて起稿、信濃追分の農家に一夏籠もって完成させた作品である。同じ年、三井銀行本店営業部勤務の父・江頭隆が定年退職し、長男の江藤は文壇デビューに浮き立つどころか、「文学は職業とするに足りずと思い、ひそかに活計のことについて心を悩ます」（自筆年譜）という状態であった。

『夏目漱石』は、翌昭和三十一年（一九五六）に同誌に発表された漱石論の続編を加え、東京ライフ社より「作家論シリーズ」の一冊として同年刊行された。平野謙の序文付きであったが、これも山川方夫の差し金によるらしい。

だがそれにしても、冒頭に引いた「狐につままれたような気持」というのは、尋常一様の表現ではない。あたかも、江藤淳という虚構的な存在と、生身の彼自身がかつて喪失した世界との、修復不能な裂け目を象徴するかのような。

江藤淳が、江頭淳夫のペンネームであったのは、知る人ぞ知る事実である。だが昭和八年（一九三三）の生まれで通してきた彼が、年齢を一歳若く偽っていたのは、死後発覚した事実である。これほど手の込んだ虚構化を、彼は何故あえて行わねばならなかったのだろうか。

一方で江藤淳は、「私が母を亡くしたのは、四歳半のときである」（『一族再会』）と公然と語っていながら、自筆年譜の上では、三歳半で母親を亡くしたことになっており、著しく整合性を欠く記述を平然と行っていたことになる。この誰にでも分かる矛盾を、江藤の生前に指摘した研究者は筆者の知る限り一人もおらず、漸く年譜作者の武藤康史氏が、死後に発見するといった有様である。これは一体、どうしたことであろうか。

この年譜上の操作で問題になるのは、肺湿潤で日比谷高校を休学した江藤が、〝現役〟から一年遅れで慶応に入学したことになっている点だ。ところが実際の生まれ年（昭和七年＝一九三二）を考えると、二年遅れの入学という事実（慶応入学の年度は年譜の記載に間違いはない）が浮かび上がってくる。絓秀実氏の示唆によると、江藤はこの〝二浪〟という屈辱的事実を隠蔽する目的で、履歴を改竄したのではないかというのだが、いかがなものであろう。

かく言う私もまた、「江藤淳」の履歴上の虚構に、狐につままれたような気持を味わわされた一人であるが、たとえ右の推定が妥当なものであったとしても、彼の存在にまつわる虚構性は、また別の問題として取り扱う必要があろう。

私たちはここで改めて、江藤淳の批評言語における「私」と「他者」の虚構的性格について、再検証を迫られているのではあるまいか。あるいは、文芸批評というジャンルにあって、「私」はどこまで虚構的な存在であり得るか、「他者」はどこまで虚構的な概念であり得るのかといった問題についても。そもそも詩人でも、小説家でもない批評家が、自らをここまで虚構化しなければならない必然とは何だったのか。

代表作『小林秀雄』の冒頭にある、「人は詩人や小説家になることができる。だが、いったい、批評家になるということはなにを意味するであろうか。あるいは、人はなにを代償として批評家になるのであろうか」という言葉は、今こそ江藤淳その人に差し戻してみなければならないだろう。批評家・江藤淳の誕生は、おそらく江頭淳夫から江藤淳への変態の〝暴力〟を代償としていたはずなのだ。それを死の側から照らし出すのではなく、やはり批評の生きた言葉をたどり直すことで、検証してみなければなるまい。

「文学と私」によれば、その変態の劇は、起こるべくして起こった。母の死によって「私と世界をつなぐ環」を断ち切られ、「ただ非在を懸命に生きるだけ」の彼の空虚な生活を打ち破ったのは、死ぬことを汚いことだと感じるような生への激しい意欲であった。この転換の過程で、彼は死の欲動をねじ伏せ、「生に追跡される」(「夏目漱石論」)人になろうとするのだが、それには一つの手続きが必要だった。「自分を一個の虚体と化すこと、つまり書くことよりほか」（「戦後と私」）ないところに、自分を追い詰めることである。

自らを一種の「虚体」と化すこと。江藤淳が批評家になるために払わねばならなかった代償とは、この江頭淳夫から江藤淳への変態の暴力に他ならなかった。ところで作品上の表現主体が「虚体」、すなわち虚構的な存在であることは、小説、戯曲などフィクション一般にあっては、自明の前提にすぎない。ところが人は往々にして、批評作品に現れる「私」の虚構性を、度外視するものなのである。またある場合には、批評家自身がその自覚を麻痺させ、あられもない「私」を、無様にさらけ出したりもするのだ。

そうした意味でも、自らを自覚的に「虚体」と化さねばならなかった江藤淳の、批評上の方法意識は特筆されねばなるまい。同じく「文学と私」のなかには、人口に膾炙した次のような言葉がある。

もしこれまでの私の仕事に何かの意味があるとすれば、それは文芸批評に「他者」という概念を導入しようと努めたことだろうと思う。

おそらく、彼にとっての具体的な「他者」とは、まず母親を筆頭とする一族の「死者」たちであった。殆ど〝確信犯〟的に自らを「虚体」と化した江藤淳とは、文芸批評の世界に生々しく「死者」を引き入れた未曾有の批評家でもあったのだ。もっとも、そうした作業に本格的に手を染めるのは、ずっと後のことだが。とりあえず若き江藤淳は、「虚体」となった「私」と、不吉な「死の影」のまといついた「他者」との批評的な連結を、明晰この上ない文体で実現させる。

私たちは、初期江藤淳の颯爽たる面影を伝える「夏目漱石論」の次の一節から、そうした彼自身の自覚的な方法意識を窺うことが出来るだろう。

　漱石は how to live という問題と、how to die という問題を、二つの全く次元を異にする世界で、全く別種の態度で解いて行こうとした人であった。

「虚体」の自己認識とともにあった江藤淳の「私」は、汚れた死を極力排除しながら、激しく生きようとする。だがそのために彼は、「死の影」を通過した、非在の「他者」との関係を生きる「私」でもなければばならなかった。江藤淳の「私」は、こうして「生に追跡される」人を強く希求しながら、「死に追跡される」人という逆説を、抱え込むことになるのである。いずれにせよ、彼における「他者」の概念が、十分に「死の影」に浸透されたものであることは見逃せない。

江藤淳が右の出世作で、「他者」という概念を武器に、小宮豊隆によって最終的に完成された漱石をめぐる神話・伝説を、批評的に解体したことは、今では文学史的な常識にすらなっている。

例えば漱石が終生の問題とせざるを得なかったのは、志賀直哉が最初から放棄して顧みなかった

「他者」であり、その主人公の前に立ちはだかっているのは、もはや「自然」ではなく、打っても叩いても平然としている「他人」なのだといった指摘は、今読み直してもなお充分に新鮮である。江藤淳が導入しようと努めた「他者」の批評的なインパクトとは、この概念の提示によって、彼が不透明な死の陰翳を、漱石のテキストに導き入れる方向で、斬新な読みの地平を切り開いたことに尽きよう。

確かにそこで概念としての「他者」は、最大限に有効に機能しているかに見える。これまでのところ、江藤淳の多用した文芸批評上の概念であるこの「他者」の他者性に、正面切って疑問を投げかけたのは、訣別の引き金になったことで名高い対談（「現代をどう生きるか」『群像』一九六八年一月号）のなかでの大江健三郎のみであろう。

そこで大江は、『一族再会』や『アメリカと私』での江藤が、「自分が一番ひねりやすいようなでくの坊をつくりあげて、それを他者だと仮に呼んでいるにすぎない」と辛辣に批判している。さらに江藤淳が実際に描き出す他者が、小説家の水準から見ていかにも他者性が希薄であるとし、結局それが「幻みたいなもの」ではないかと否定し去るのだ。

ところで、大江健三郎を最初に見出した前世代の批評家が平野謙だったとするなら、彼と本格的に伴走した同世代の批評家は、言うまでもなく江藤淳以外にはなかったのである。大江はその江藤淳が繰り出すキーワード「他者」には、肝心の他者性が希薄であると真っ向から挑みかかる。作家・大江健三郎にとっての、おそらく最初の「他者」＝「批評家」であったはずの江藤の「虚体」としてのリアリティに、おそらく大江ほど敏感に反応した者はいなかったはずだ。だから、ここでの大江による「他者」概念についての否定的言辞は、この概念の形成と絶対不可分の関係にある江藤淳という批評家の虚構的本質自体へと真っすぐに差し向けられたものだったとも考えられよう。

見方によっては、江藤淳の批評家としてのこの例外的資質に、大江ほど真摯に嫉妬を表明した作家など後にも先にも存在しないのだ。では具体的に江藤の何が、それほど大江を挑発したのだろう。おそらく、批評家としては例外的とも言える、その存在の虚構性にまつわる、いかがわしいまでの生々しさではなかったのか。

もっとも、大江健三郎がここで示した感情的反発——それは江藤淳による『万延元年のフットボール』の全否定に近い評価を受けての反撃でもあった——には、内容的に全く的外れではないものの、やはり重大な見落としがある。まず彼は、『夏目漱石』における「他者」の概念と、『一族再会』や『アメリカと私』に現れた実際の「他者」とでは、決定的に位相が異なることを完全に無視している。

また江藤淳の「他者」を、大江的に文芸批評上の機能的な操作概念に単純化することは許されはしない。何故ならそれは、世界を喪失した江藤が、生きるために自らを「虚体」と化して獲得した、死者とのコミュニケーションのための切実な武器でもあったのだから。

『夏目漱石』での江藤淳は、この「他者」概念を拠り所に、自己を絶対化する私小説家たちの「垂直的倫理」と対比される「平面的倫理」を、文芸批評の論理として措定したのである。これにより、漱石の作品世界は初めて、脱神話的に開かれたテキストとなったと言っても過言ではあるまい。「平凡な一般人の生活に通用する、日常生活の倫理」は、「動かしがたい他人の存在」を排除しては成り立たない。『道草』の主人公の出現を待ってはじめて可能になった、そうした近代小説に特有の世俗的葛藤の倫理を、江藤淳は最大限に重視する。

翻って、その「平面的倫理」を生きる漱石的人物たちは、ことごとく「死の影」との緊張関係を持続させながら、「生に追跡される」人々でもあった。志賀直哉や他の私小説作家の作品に、他者性が希薄なのは、こうしたテキストの重層性を自己絶対化の犠牲にせざるを得なかったからだ。そして志賀直哉に象徴される「健康な原始的人間」の「自己絶対化」＝「自己抹殺」は、「他者」の抹殺と正確に表裏の関係にあったのである。(1)

江藤淳という名の「虚体」＝「私」は、だがそのような実体的「私」の野放図な自己拡張、自我の肥大を絶対に認めない。漱石的人物たちとともに「他者」に媒介された江藤淳の「私」は、どこまでも「死の影」に追跡されながら、同時に「生に追跡される」。

それにしても、先の対談の中での大江健三郎の、小説家がまず「ほんとうの他者というものをつくりあげようと」するものだ、といった発言はいかにも軽率である。それを言うなら江藤淳は、「虚体」化した「私」を、文芸批評の一人称として用いる傍ら、それと非対称的な位置関係にある「他者」という「死」をかい潜った生ける「記号」を、虚構的に批評言語に導入しようとしたのである。もとより、その画期性は否定すべくもない。

重要なのは、江藤淳という批評家が、ほんとうの他者の他者性を、濃厚に描き出す資質に恵まれていたかどうかではない。彼が「他者」という概念を、生々しい批評の言葉に立ち上げたことであり、それによって、初めてフィクショナルな「私」の批評的な仮構に成功したことなのである。彼の出現によって日本の近代批評は、小林秀雄流の虚構的な自己劇化——二十三歳の春に神田の古本屋で『地獄の季節』を手にしたときから、ランボオという事件の渦中にあったといった語り、あるいは、乱脈な放浪時代の或る冬の夜、大阪の道頓堀をうろついていたとき、突然、モーツァルトのト短調シンフォニーの有名なテエマが頭の中で鳴ったといった類の——とは根本的に異る、「水平的倫理」を生きる俗なる散文的一人称＝「私」（の虚構的立ち上げ）に漸く到達したことになるのだ。こうして、ときに文芸評論の限界を大きく逸脱するような、江藤による大がかりな「私がたり」(2)が開始されるのである。

江藤淳は、「私がたり」の資質に恵まれた類い希な批評家だった。彼が行ったのは、結果的に近代日本文学からの批評による「私」の奪還の企てだったとも言えよう。「他者」の概念の成熟していない場所で、社会性を充分備えた「私」の仮構などあり得はしない。私小説的伝統からの「他者」を媒介とする「私」の奪還＝解放の目論見は、やがてこの「成熟」をキーワードに、戦後史総体の批判へと向かう言説に再組織されるだろう。

加えて、「白樺派」的なヒューマニズムと、戦後民主主義との連続性を断ち切り、戦後文学の本流に異を唱えるという批評的課題を、江藤は果敢に引き受けつつあった。社会的に未成熟な自我の文学的な増長にとどめを刺すこと。ここでも、「私」を相対化する「他者」の他者性が、決定的に重要な要素となる。江藤による批評の論理と散文の秩序は、自閉的な「私」の不毛な反逆と自己肯定を本質とする、戦後文学への破壊作用をともなって、過激に反戦後的な装いを整えることになるのだ。

「戦後と私」ほど、その意志を明確にしたものはないが、その際、彼にとっての「戦後」が、「喪失の時代」と規定されていたことは、やはり特筆に値しよう。さらに、その時代を生きる「私」という主体が、四歳半で母親をなくして以来、常に周囲との間に「ある癒しがたい違和感を感じ続けて来た」という印象深い告白が加わる。江藤淳の批評に現れる「私」は、こうして徐々にのっぴきならない〝物語〟を内包した「私がたり」の強度を獲得してゆくことになるのだ。

その彼の「深い癒しがたい悲しみ」が、「戦後派作家」の「正義」に、許し難い欺瞞性を嗅ぎつけてしまうのは、避けられない道筋だった。江藤淳のこうした過剰なまでの拒絶反応は、戦前の左翼運動ないしは戦場からの帰還者である戦後派作家の、喪失感の鈍磨に対する攻撃的なリアクションでもあった。喪失を解放と受け取る彼らのオプティミズムを、完膚無きまでに暴き立てる江藤は、執拗に「崩壊と頽落」、「喪失と悲哀」の「私がたり」を続ける。この後展開される占領軍の言論検閲という見えない制度と、それを引きずった戦後の「閉ざされた言語空間」の批判的実証研究にも、喪失の歌を歌う江藤淳の痛切な語りは、通奏低音のようによく鳴り響いていた。

そこで言葉による戦いを演じているのは、あくまで「他者」に媒介された江藤淳という虚構化された存在である。しかもその「私」が、非私小説的に仮構された特異な批評言語であったことを、忘れるべきではない。そして彼の喪失感は、「東京に生まれながら東京に生まれたという事がどうしても合点出来ない」と語った、「故郷を失った文学」の小林秀雄のそれとも根本的に水準を異にしていた。そうした江藤淳の「私がたり」を、通俗的と揶揄することはたやすい。例えば彼のこんな語り口について。

普通の子供が過不足ない充実した感覚で安住している世界を知的に、つまり言葉によって理解しなければならないのは、幼児にとっては辛いことである。(「文学と私」)

もとより、過不足ない充実した感覚で、安住した世界に生きている「普通の子供」などありはしない。四歳半で決定的な喪失を体験した幼児だけが、特権的に言葉によって知的に世界を理解するわけではないのである。だが江藤淳による「私がたり」は、それを普通の子供と区別された特異な経験として語ってしまうのだ。そんな「私」が安住できる場所が「不在」のなか、「つまり書物のなかにしかないはずであった」というのも、随分とヒロイックな「私がたり」ではある。江藤淳の語りは、こうして危うく私小説のそれに接近しつつ、危機的に批評言語の臨界点を開示して見せるのだ。

私が最初に文学書に接したのは、学校から逃げ帰って来てもぐり込んだ納戸の中でである。実際この納戸は、母のいない現実の敵意から私を保護してくれる暗い胎内であり、私にもうひとつの魅惑的な現実、つまり過去と文学の世界を提供してくれる宝庫でもあった。(同)

通俗的な「私がたり」の恰好のサンプルにもなりかねない、こうした母胎回帰願望のあられもない表白は、そのままこの批評家の死への親和的な感受性を物語っていた。幼い彼はこの暗い胎内のような納戸で、本と戯れていただけではない。そこで彼は「母の匂いのするものをさがして歩いて、わざとはだかになって肌におしあててみたり(3)」といった、かなり危険な遊びにも親しんでいたのである。江藤にとっての「家」とは、結局この戦前の新大久保の納戸に象徴される暗い密閉空間しかなかった。日常を逃れて彼は、この死のイメージに浸された「胎内」に潜入し、秘かに非在の時空間を構築していたのだった。江藤淳が真に「他者」を必要としたのは、ここに見られるナルシシズムと結合した、死への欲動を制御する「私」を仮構するために他ならなかった。「文学と私」の終わりに近い部分で、江藤淳は戦後の喪失感を、次のように語っている。

私にはもう「生活」も「現実」もなく、絶望をいこわせるべき納戸も過去の世界も焼けてなくなっていたから、ただ非在を懸命に生きるだけであった。

だが人は何を目的に、何に向かってそうした「非在」を生きることができるだろうか。たぶん、虚構的な生を保証する、死の厳重な管理を目的に、それへ向かってなら、辛うじて人は「非在」を生きることができるであろう。そのために彼の無意識は、常に批評言語の活性化を図るべく、「死の影」を引き寄せ、その妖しい躍動の瞬間に、最も華やいだ言葉を紡ぎ出すことができたのではなかったか。「死の影」という虚構の「他者」のリアリティに、絶えず脅かされる批評家、それが江藤淳だったのだ。

あの完璧に近い「夏目漱石論」を、学位請求論文『漱石とアーサー王傳説』[4]のテキスト・クリティックの方向に、大がかりに転換させたのも、間違いなく漱石の初期作品とアーサー王伝説（ブリタニア王アーサーと円卓の騎士たちの物語。漱石が影響を受けたのは、十九世紀のイギリスで復活したラファエル前派の絵画と結びついた世紀末ロマン派のそれ）とを繋ぐ「死の影」に、抗い難く引きつけられてのことであろう。

貴人を送る挽歌の意味を含みもつ漱石の初期作品「薤露行」は、彼の解釈によると、「死の契機」を内包した「愛の主題」を間接的に語るために、英国のロマン主義的世紀末芸術を、はるかアジアの地に拉致し来ったものであり、そこには「古代の中国と中世の英国とが、死を媒介に反響し合っていい」たということになる。

アーサー王伝説を雅文体で翻案したこの奇怪な「近代小説」に、江藤淳が漱石の秘められた恋の相手と断ずる、嫂・登世の「死の影」が封印されていたことを嗅ぎ当てたのは言うまでもない。

「薤露行」の「(五) 船」の「……罪は吾を追ひ、吾は罪を追ふ……」の一行に執拗なこだわりを見せつつ、江藤は「禁忌に抵触する」嫂・登世との深刻な恋愛の内的体験が、ミスティフィケーションをこらした「挽歌」に結晶するまでの軌跡をたどる。彼に取り付いて離れない登世の「死の影」は、さらにアール・ヌーボー風の隠喩的な「影の影」にまで形象化され、幾分かの湿り気を帯びて、「薤露行」というテキストの表面に無気味に析出する。

その言葉の諸断片を、偏執的な情熱で回収し暗号解読する江藤の根本的資質は、「この時期の漱石に特徴的な」、「屍体愛好症《ネクロフイリスティック》な傾向」を、言語のレベルで共有していたとさえ言えるであろう。

2 「死の影」の下で

「死の影」との真摯な戯れは、無論それだけにはとどまらない。数え上げるときりがないが、例えば熊野を旅しながらも江藤は、そこが「みまかった母たちの国」であることを確認しながら、「死者たちが集う非現実の国」に蝟集する「死の影」と、密やかに戯れていたはずだ(『熊野詣で』)。また小林秀雄、折口信夫に導かれつつ、中将姫を論じた時(『女の記号学』)にも、やはり江藤は逃れようもなく「死の影」にまといつかれ、その呪縛を積極的に受け入れてさえいたのである。

あるいは「信太妻」をめぐっての、次のようなもの深い言葉のやり取りにも、容易にその濃厚な気配を感ずることができる。それは「谷崎潤一郎」論の一節に、のっぴきならない必然性をもって立ち現れる、離別した母の形象であり、輪郭だけが明瞭なその不吉な影であった。

私は谷崎潤一郎の作品をひもとくたびに、どこかからこの古浄瑠璃の一節が聞こえて来るような幻覚にとらわれる。そのくせ私は、「信太妻」など聴いたことがないのである。だが、とにかくそれは、清元の「保名」のような洗練されすぎて白粉くさい舞台の情景が浮んで来るような芸能であってはならない。眠りから覚めて消え失せた母を慕う童子の嗅いだ土の香り。小暗い森のなかにこだまする「恋ひしくば訪ね来てみよ和泉なる……」というあのものがなしい歌。そういう根源的な、どこか野太いものが、谷崎文学の根底にひそんでいるように思われるからである。

周知のように「信太妻」は、和泉国信太の森の葛の葉狐が、女に化けて安倍保名と結ばれ一子を儲けるがやがて正体が知れ、子を置き去りにして古巣に帰って行ったという話である。

恋ひしくば訪ね来てみよ和泉なる
信太の森の怨み葛の葉

これは、その白狐が去り際に残していった歌だ。歌舞伎では「蘆屋道満大内鑑」（通称・葛の葉）

の名で知られるほか、説経節でも五説経の一つに数えられる作品である。
古浄瑠璃「信太妻」の一節を冒頭に引いた谷崎論で、江藤が問題にしているのは、紛れもなく母の喪失であり、「母を恋うる少年」というライト・モチーフである。ところで谷崎は、『吉野葛』の登場人物（津村）のように、幼くして母を失った男ではなかった。にもかかわらず「谷崎氏の母に対する憧憬は、正確に幼少の頃に母親との離別を経験した者の心情と一致している」と江藤は語る。

谷崎氏の幼年時代には、氏に母を奪われたと思わせたような深刻な体験が隠されているのかも知れない。あるいはまた現実に、母は一時期なんらかのかたちで氏を「棄て」たのかも知れない。いずれにせよ氏の心の底には、幼いうちに母を喪ったと感じさせる深い傷跡が刻印されていたはずである。そうでなければ「母を恋い慕う子」というライト・モチーフが、谷崎氏のほとんどすべての作品に一貫するはずがない。

もとより四歳半で母親を喪った江藤淳は、終生「母を恋い慕う子」というライト・モチーフを背負い続けた批評家であった。彼はその切実なモチーフを、谷崎の作品に単純に投影したわけではない。むしろ彼はここで、母の喪失と「母を恋うる少年」＝「母を恋い慕う子」の文学的な動機が、内部世界の劇として作為し得るものであることを批評的に定位し、その結果生じる、「棄て」られた子の「生の欲動」（エロス）と、「死の欲動」（タナトス）との致命的な亀裂を示唆していたのである。

「信太妻」で白狐の母とその子が演じ象徴するのは、異界（彼岸）に奪われた母と、この世（此岸）に取り残された子の、「死を媒介に反響し合う」エロスとタナトスそのものなのである。江藤淳の慧眼が喝破したように、谷崎にとって母（なるもの）が、少なくとも彼の主観世界においては、不在＝空位を本質としていたことは明らかである。

内面世界の深部で、「母を喪ったと感じさせる深い傷が刻印された」谷崎の母性志向は、「死の影」を糧に、棄てられた子の物語を孤独に反復させる。江藤は谷崎に見られる「母を恋い慕う子」のモチーフの一貫した持続について、こう続けている。

ところでさらに興味深い事実は、この感情が作者によって恋愛感情に等しいものと考えられているということである。

こうした母性への思慕と、異性愛的「恋愛感情」の特異な順接関係は、一方の母恋が異界に去ったその人の「死の影」に引きずられたものであると同時に、他方の恋愛感情もフロイトの言う「死の欲動」と絶対的な緊張関係にあることが前提になっている。江藤淳にとってのエロスとタナトスは、常にこのように相互媒介的でありながら、なおどこか決定的に均衡を欠いたまま、不安定な接続を求めているのである。その意味で、谷崎ほど江藤的批評に調和する資質を備えた作家は他になかったかも知れない。いずれにせよそこには、禁忌と抵触するある過剰なる何ものかが認められる。

つまり、非対称的な感情が、「等しいものと考えられている」ような。

そこにある均衡をもたらそうとするとき、彼は両者を媒介する「罪悪感」という概念を、強引に批評言語に導入するだろう。ここでの「罪悪感」とは、仮想的にもせよ母親に棄てられた子の、「疚《やま》しい良心」(ニーチェ)の謂いであることは間違いない。

江藤淳の「谷崎潤一郎」論が優れているのは、「幼少の頃に母親との別離を経験した者の心情」が、作家の側ではなく、実は批評する主体の側のものであるのに、その絶対的な不安と恐怖を、谷崎の作品に即して言葉の〝共揺《ともゆ》れ〟のように体験させてしまうからである。江藤淳はここでほぼ完璧に、谷崎の文学世界の最深部に潜入した語る(=騙る)主体になりきっているのだ。


ここで私は「信太妻」や「狐噲」(註、谷崎の『吉野葛』に引かれた生田流の地唄)の母が、「狐」に変身するということの意味を考えぬわけにはいかない。「母が人間であったら、もうこの世で会へる望みはないけれども、狐が人間に化けたのであるなら、いつか再び母の姿を仮りて現れない限りもない」と『吉野葛』の作者はいっている。つまり「狐」を媒介にして、「母」は、「恋人」にかわり得るというわけであろう。しかし実は、「恋人」にかわった「母」は決してもとのままの「母」ではあり得ない。少年は、母が「狐」に変身したとき確実に「母」から拒否されたと感じているからである。自分にどんな罪があるのか知らないが、母は自分を棄てて遠くに行ってしまった。これは幼くして母親に別れた者の心に例外なく湧いて来る感情である。だから、「信太妻」の安倍の童子は、「母上の我を棄ておいて、何処へやらんゆかせ給ふは。なう今よりのちは、仰せをも背くまじ、荒き手わざもいたすまじ。なう母上さま」とかき口説く。が、いくらかき口説いても失われた母は戻らず、童子の胸には喪失感とともに罪悪感が積って行く。何の罪があって母に棄てられたかわからないだけに、この罪悪感は深いのである。

ここでもまた、江藤淳が谷崎に託して自己を、告白的に語っていることが重要なのではない。問題は江藤がここで、批評対象の谷崎との距離を保ったまま、「少年」=「童子」との自己同一化を、自在に作為していることの特異性であろう。批評家・江藤淳の真骨頂はここにあるのであり、そのことで彼の評論は、不可避的に自立した「作品」になってしまうのである。

ところで先の一節で、「狐」を媒介にした「母」から「恋人」への変換が、単純な等置であり得ないのは、「恋人」として「母」を奪回したとき、「少年」=「童子」が最終的に憧憬の対象としての「母」(性)を喪失するしかないからなのだ。

物語論的に「母」の「狐」への変身は、「母」の出奔とも他界とも等価な出来事である。この時、棄てられた状態にある幼子は、この理不尽な「罰」を、おのれ自身の犯した「罪」の結果として、無意識のうちに内面化するだろう。それが棄てられた子の絶望的な喪失感を、解放もし悪循環的に増幅もさせる際どい試みなのだ。理不尽に棄て置かれた子が背負うことになる、さらに理不尽な罪悪感の作為。ここにある、罪なき子の根深い罪悪感の転倒した性格は、この若き批評家が老練な作家よりも、よほど深く物語（『信田妻』）の内部に入り込んでしまっているという、未曾有の事態から生じたものだ。

信太の「森」が象徴するものとは、母に棄てられ（死に別れ）た子である江藤にとって、亡き母とのあり得ない一体化幻想に浸ることのできる、物語的な「胎内」でもあったろう。そこは、戦前の新大久保の自宅にあったあの納戸にも通じる、「禁忌に抵触する」場所なのであった。「……罪は吾を追ひ、吾は罪を追ふ……」。

「自分にどんな罪があるのか知らないが、母は自分を棄てて遠くへ行ってしまった」。そして、江藤がトラウマのように抱え込み、内面化させた「罪をわび、許しを乞う対象は「恋人」の姿に変容した「母」以外にはあり得ない」。

江藤が漱石の秘められた恋の対象とした嫂・登世が、この「母」から変身した「恋人」の典型化されたモデルであることは、言うを待たない。自分を棄てて逝った「母」による「去勢化」は、そのようにして「子」の物語への欲望に転化したのである。

『吉野葛』を解読しながら江藤は、かつて子を拒んだ「母」が、再び拒む「恋人」として現れる物語的展開をたどる。そしてついに、谷崎文学の本質を抉り出す次の言葉を探り当てるのである。

この拒否が二重であることによって少年の罪の意識は決定的なものとなり、「恋人」＝「母」

の美しさが慕わしいものであればあるほどこの美しい「恋人」に思うがままに罰されたいという欲求が増大する。ここに隠されているのは、「母」の拒否を軸にしてかたちづくられたマゾヒズムの、もっとも基本的な構図である。

すでに私たちは、江藤の嫂・登世への思い入れが、「禁忌に抵触する対象」であることによって、そこに罪と罰の優れて倫理的な問題を導くとともに、彼が「マゾヒズムの、もっとも基本的な構図」を、なぞるように反復していたことを知っている。だが、『吉野葛』から『母を恋ふる記』へと駒を進めながら、谷崎論の核心部で江藤が述べていることは、さらに危険な何ものかである。江藤はここで、ついに母子の合体幻想について語っているからである。二重の拒否から一転して、「子」を受容する「母」のエロス。

この合体の甘美な情緒の背後に一種のincestuousな感情が隠されていることは見逃せない。拒んだ「母」は夢のなかでついに少年を受け入れてくれたが、それは果して「母」としてかあるいは同時に「恋人」としてでもあったのか。誰もそのことを見わける手段を持たない。しかし、この拒否から受容への転換の背後に、夢の世界でもなおあからさまには語れない生命の昏い秘儀が隠されていることは疑えないように感じられる。それについて暗示的に語り得るのは、幼くして母に拒まれた体験を心に秘めている者の特権である。

確かに江藤は、それを暗示的に語り得る資質を特権的に所有していた。おそらく谷崎以上に。ただし彼は、拒否から受容への甘美な物語を、直接には語れないのである。何故なら彼は、そのことを自らに禁じた批評家であるからだ。物語への欲望を最強度に保持していながら、彼はモノガタルことを禁じ手にした生粋の批評家だった。それが小説家とは対極にある江藤的「私がたり」の形式であり、散文的倫理でもあったのだ。

「夢の世界でもなおあからさまには語れない生命の昏い秘儀」は、こうして「死の影」に媒介され、批評言語というもうひとつのミスティフィケーションをくぐり抜けて、高度に自己組織化される。彼は作家以上に語りへの欲望を保ちながら、作家のようには決して語らない「私がたり」の批評家に蘇生したのだ。それは作家・谷崎潤一郎のライト・モチーフがそうであったように、否それ以上に「夢に似た世界の出現をまたなければ奏され得ない」、特殊な「私がたり」として完成された批評家・江藤淳の存在論的な虚構性の本質は、そこ以外にはなかったのである。

白昼の世界を去って、「信太の森」に消えた禁忌のエロスの対象（「母」＝「恋人」）は、「秩序の光の届かぬ暗闇の世界」で、江藤の「死の欲動」（＝合体化幻想）に、エネルギーを備給し続けていたとも言えるのである。

私たちは谷崎論のライト・モチーフが、『一族再会』で反復変奏されるのを、やがて知ることになるであろう。その最終章のタイトルとなった「もう一人の祖父」とは、江藤の母方の祖父・宮治民三郎のことだ。四歳半の江藤淳が、母親との永久《とわ》の別れに向かったのは、預けられていた三軒茶屋のこの宮地の家からだったのである。

幼き彼は、祖父の葉巻の匂いのする黒い喪服に抱きしめられ、そのドスキン地が頬に触れるのを痛く感じながら、母の死顔に対面するために、大久保百人町の家に帰って行ったのであった。後年この母方の祖父のルーツを訪ねて、尾州蜂須賀村に赴いた江藤は、思いもかけずそこで「葛の葉稲荷」の社に遭遇するのだ。

私は不思議な戦慄が自分を通過して行くのを感じていた。ここは祖父宮治民三郎の、つまり母の父の故郷だ。そこに訪ねて来て、ほかならぬ葛の葉稲荷に出逢うとは思いもかけなかった。私は、谷崎潤一郎の『吉野葛』や折口信夫の『信太妻の話』を思い出し、そのいずれにも引用されているあの不可思議な、

恋しくばたづね来てみよ和泉なる
　しのだの森のうらみ葛の葉

という古歌を心のなかで口誦さんでみた。あるいは津島街道の行く手にかかった虹の浮き橋の上には、祖父ばかりではなく母の霊もいたのかも知れない。還って来てよかった、やはり私

は還って来たのだ、と思うと、胸の底にひそんでいる重い悲哀が、ややうすらぐように感じられた。

江藤は確かに還って来たのだ、彼自身の魂の故郷へ。だがそこは、「死の影」の濃厚に漂う、「生命の暗い秘儀が隠され」た「光の届かぬ暗闇の世界」の中心部でもあったのだ。江藤はこの直後に、今度は熊野十二社権現の末社「十二所社」を、宮治の屋敷の裏手に発見する。「信太」（＝篠田）から「熊野」へと旋回する風土論的想像力の根底には、やはり避けがたい「死の影」が垂れ込めていた。「死者たちの集う国」熊野はまた、「他界」——「妣《はは》の国」であると語る江藤は、さらにこう続ける。

「妣《はは》の国」とは、いうまでもなくみまかった母たちの国だ。親、子、夫婦、友だちなど。さらに死者たちもまた、この熊野の黒々とした山奥にある永遠のふるさとに還ろうとして、あつまって来る。ただし死者たちは、この世にいる者たちとは逆に、宙を踏んで熊野詣でをするのであるが。

私はこの熊野信仰のことを胸に浮べ、頬に血がのぼるのを感じた。死者たちが私を迎えてくれるのだ、という思いがまたこみあげて来た。

江藤淳はこの『一族再会』の末尾に当たる部分で、殆ど禁じ手にしたはずのモノガタリを、滔々と語り始めていた。自ら編集同人を務めた雑誌『季刊藝術』に連載（一九六七・四〜一九七二・七）された『一族再会』が、とりあえず「第一部」と銘打たれながら、続編による完結の期待を裏切ったのは、この後に語るべきモノガタリを、江藤が持ち合わせていなかったからだと考えるのが妥当だろう。だがどうして彼はこの尾州蜂須賀村で、「信太」（＝篠田）や「熊野」の物語的磁場に遭遇しなければならなかったのか。

それにしても、なぜこの地に篠田という場所があり、葛の葉稲荷が祀ってあるのだろう？古浄瑠璃の『信太妻』でも、清元の『保名』でも、葛の葉にまつわる伝説の舞台とされている場所は、古歌にある通り和泉の国で、現在は大阪の阿倍野のあたりのはずである。

ここから江藤は、折口信夫の『信太妻の話』（『古代研究（民俗学篇1）』）にある次の一節を引用する。

安名と葛の葉の住んで、童子を育てたと言ふ安倍野の村は、昔からの熊野海道で、天王寺と住吉との間にあつて、天王寺の方へよつた村である。其開発の年代は知れない。謡曲「松虫」に「草茫々たる安倍野の塚に」とあるが、さうした原中にも、熊野王子の社があつて熊野の遙拝処になつて居た事は、平安朝末までは溯られる様である。此社から、更に幾つかの王子を過ぎて、信太に行くと、ここにも篠田王子の社があつた。宴曲の「熊野参詣」と言ふ道行きぶりに、道順が手にとる様に出てゐる。安倍野と信太との交渉は此位しか知れないのだから、今の処は必然の関係が見出されさうもない。

もっとも江藤淳の物語的欲望にとっては、もうこれ位で充分だったのである。「つまり、十二所社が王子なら葛の葉稲荷ももともとは熊野の王子に類するもので」、そこが「尾張の蜂須賀村にいつのころか移植された、熊野参詣の道筋」と考えれば、一応の筋道は通るからである。そして江藤は、不在の母への思慕の念を募らせる「童子」の主題を、再び「死の影」に引き寄せて語り始めていた。

乱菊の花に浮かれて正体をあらわし、狐であることをわが子にみとがめられて泣く泣く姿を隠した葛の葉その人も、のこされた阿倍の童子からみれば死んだも同然である。子供にとっては、姿を隠すのも死ぬのも、急にいなくなるという点ではまったく同じことだからだ。そういえば、母を慕い求める童子の側ばかりでなく、姿を消した葛の葉のほうにもやはり死の自覚があったのかも知れない。

これが、谷崎のテキストを離れて、江藤淳が『信太妻』に直接読み込んだ子別れ＝子棄てのライト・モチーフである。『一族再会』の終わり近くで、彼は葛の葉と童子の互いに隔てられた呼びかけを、自らの母子関係に重ねながら、「地声」のように響かせてはいなかっただろうか。熊野を媒介に、信太と篠田を繋いで語られる母子の物語は、このようにして母方の祖父のルーツ尾州蜂須賀村で完結したのである。

だがしかし、「母にとって不在が死と等価の悲しみをさそう」ことと、「子にとっては死はあくまでもひとつの不在としてしか認識され」ないということは、どこまでも互いに不透明な関係でしかない。そこにある母子関係の決定的な不均衡、非対称性を、江藤はもうそれ以上、批評の言葉でたどり直そうとはしない。『一族再会』はそのようにして、物語世界の中に溶け込もうとしていた。小説を媒介とせず、直接物語に向き合ったときの江藤淳は、あまりにも無防備な批評家であることは、如何ともしがたいのである。

……我はもとよりあだしのゝ、くさばのかげをかくす身の、人のなさけのふかきゆへ、いくとし月ををくりしが、いかなればあさましや、いろかたへなる花ゆへに、心をよせてみづかゞみ、うつるすがたをみどり子に、みとがめられしは何ごとぞや、是ぞえんのつきはなり、あのていならばちゝうへにもかたるべし、せめてあの子が十さいになるまでみそだてたく思へ共、ちからをよばぬしだい也、今はすみかへかへるべし、ああ扨《さて》かなはぬ我身やと、きへ入《いる》やうになく計《ばかり》。

……ああ扨《さて》むざんやおさなきものが、よるにもならば、はゝよ〳〵と、たづねしたはんこと共を、思へば〳〵かなしやと、其《その》まゝわかに取付きて、もだへこがれてなく計《ばかり》。

やう〳〵心を取りなをし、おさなきものがおくれのかみを、かきなでをしなで、扨々《さて〳〵》ふびんや、みづから出るをゆめにもしらで、かくゆたかにはやどりけるよ、もとのすみかへ帰りても、此子が有ことを思ひ出さば、いか計《ばかり》かなしかるべき、思へば〳〵をやこのえん、是がかぎりかあさましやと、又ひれふしてぞなく計《ばかり》。

され共かなはぬことなれば、かきしふみどうじがひぼにゆひつけ、そばなるしやうじに一しゆのうたをつらねける、「こひしくば尋ねきてみよいづみなるしのだのもりのうらみくずのは」とかきとゞめ、じこくうつりあしかりなんと、心づよくも思ひきり、なくなく帰りし有さま、あはれなりけるしだいなり。

江藤淳はこの『信太妻』からの長い引用の後で、たいへん重要なことを語っている。この母親の嘆きを受けて、彼は「人界を去ることと他界にはいること、つまり死ぬこととのあいだには、もとより区別がつけにくい」と語っているのだ。「急にいなくなり、しかも二度と姿をあらわさないという点で、この二つは心理的に等価に置かれているからである」。

江藤はここで、四歳半で母親を亡くした自らの体験を、引用された物語の方に積極的に溶け込ませていたのだ。然り彼にとって、物心がつくかつかないかで死んだ、母親の永遠の不在が意味するものとは、その人が人界を去って「異界」にあり、二度と姿をあらわさないという状態の持続にほかならなかったはずなのである。彼の紡ぎ出す言葉が、常に「死の影」の生々しいリアリティとともにあったことは、こうした存在の不安への戦《おののき》を、彼が容易に手放さなかったことと同じなのだ。

であればこそ、母を慕う阿倍の童子の心情が、殆ど江藤淳の地声のように響く同じく『信太妻』からの次の引用は、批評言語にとっての致命傷ともなりかねない、危険極まりない試みだったのだ。

……扨《さて》其後にわが君は、ゆめにもしらずゆたかにふしてありけるが、めを打さまし、あたりをみれ共《ども》人はなし、なふはゝうへさまはゝうへさまと、かなたこなたを尋《たづぬ》れ共《ども》、其かひさらにあらばこそ、若君いよ〳〵あくがれ、やれめのとはなきか、はゝうへの我をすてをいて、いづくへやらんゆかせ給ふは、なふ今より後は、仰《おほせ》をもそむくまじ、あらき手わざもいたすまじ、なふはゝうへさま、すてゆきしをしらずして、つねのおどしと心得て、あしずりしたる有様、しよじのあはれと聞えける。

……むざんやおさなきものは、なふちゝうへさまもはや日もくれ候が、はゝは帰らせ給はぬは、なふはゝうへのましますところへ、つれゆかせ給へやと、わつとさけぶ時こそ、ちゝもめのとも其まゝに、ぜんごふかくになげかるゝ、しよじのあはれと聞えける。

やすななみだをさへ、おゝどうりなりことはりや、……いかにどうじ、あまりおことがなげくゆへ、ちゝははゝを尋ねに出《いづ》る也。なんぢも共にゆくべきか、たゞしめのとにいだかれ、あとにのこりてあそばんや、わか君聞召《きこしめし》、なふはゝうへさまにあはせて給はらば、いづくになり共まいらんと、すがりついてぞなげかるゝ、やすなふびんに思召《おぼしめし》ゆへ、おお其儀ならばつれゆきて一どはあはすべし、こなたへきたれと、よはにまぎれてしのび出《いで》、しのだの森へぞ、いそぎける。

不在の母から下された「罰」を、過剰に内面化した子の「罪」の意識は、「今より後は、仰せをもそむくまじ、あらき手わざもいたすまじ」の件《くだり》に集中的に表現されている。おそらくそれは、母子神信仰にも通じるような、離別を宿命づけられているがゆえに、合体化幻想に昇華する必然を備えた痛切な何ものかなのであろう。

そしてもし、「信太の森」に象徴される仮構の場所において、現世と他界が連続しているとするなら、彼は何時でもそのほの暗い擬似母体＝「胎内」への退行によって、「禁忌に抵触する」母との合体幻想に、隠微に酔いしれることが出来るであろう。あの新大久保の納戸での秘儀を反復するように。

彼の批評言語から、例外的に「他者」性が消え去るのは、だがこの時なのである。格調ある「私がたり」は、そこで陳腐なモノローグに転落することを余儀なくされる。江藤淳はその危険を、充分に知悉していただろう。それでもなお彼は、反復的にその場所に回帰し、何度でも自らの批評言語の動力源に、エネルギーを補充する必要があったのだ。

江藤淳はそこで、母を始めとする懐かしい死者（たち）に漸く出会い、「禁忌に抵触する」世界から聞こえてくる声にうっとりと耳を傾けながら、その至福を自己肯定的に受け入れるだろう。この美しい「私がたり」には、だがもはや「他者」は存在しない。

　この、ほこりをかぶり、参詣する者とてない淋しげな祠が葛の葉稲荷なのか、そして、この貧相な小藪が私の「信太の森」なののか、という想いが湧きあがり、胸の底にわだかまっているあの悲哀とまざりあって、身内をひたひたと充たして行く。だが、それでもいいのだ。いま、私の耳に聴えている故郷の土地のささやきが、聴えつづけているかぎりはそれでいいのだ。

この「それでいいのだ」は、批評言語の枯渇と、殆ど同義である。さて私たちはここで、若き江藤淳が想い描いた、もうひとつの「信太の森」の輪郭を、昭和二十七年（一九五二）に書かれたメルヘン「フロラ・フロラアヌと少年の物語」を手掛かりに描き出し、その孤独の普遍性に分け入ってゆこう。この作品は、十代の江藤が結核療養の日々に精神の糧とした、堀辰雄、立原道造的世界との訣別の直前に書かれた作品で、彼の精神史を振り返る上でも第一級の資料的な価値をもつ。

自筆年譜によると、江藤が堀、立原及びその亜流を「贋物」と感じ、代わってジョン・ダンへの共感をあらわにするのは、慶応大学英文科二年の時だった。「フロラ・フロラアヌと少年の物語」は、それより二年ほど前の作品である。江藤はこの小説を、高校の「クラス旅行をさぼって、軽井沢に行って誰もいない五月下旬の千ヶ滝をぶらぶらしながら」(「『星陵』と私」)書いたという。何故、軽井沢だったのか。無論そこが、堀文学の中心的トポスだったからである。

二年後、肺結核の再発の絶望感から、俄かに堀辰雄に代表される「『文学的』なものへの嫌悪」を感じ始めた江藤は、以後、『昭和の文人』でこの作家を批評対象にするまで、作品集を「押入のなかに蔵い込み、それ切り昭和六十一年(一九八六)の夏休みまで、三十二年間一度も頁を開いてみようともしなかったのである」(『昭和の文人』)。

因みに、江藤淳の堀嫌悪の真の理由は、「超時間的・超空間的」なそのトポスの成り立ち自体のうちにあった。「戦争があったことも、占領がつづいていたことも、そこにはほとんど全くといっていいほど影を落していなかった」(同)と後年回想する江藤には、そうした言語空間を、無批判に受容し、模倣することへの自己嫌悪とともに、同世代の文学青年仲間への不信感が兆したのではなかったか。

敗戦後十年にもなろうとしている東西冷戦の幕開けの時期に、堀や立原の世界を模倣することの時代錯誤。今やその文学は、胸を患った若き江藤の精神の糧になるどころか、現実逃避の退嬰的手段でしかなくなりつつあった。江藤が拒否したのは、占領終了後の昭和二十年代の終わり頃、二十歳前後の文学青年の一部にあった、こうした「現実拒否の心情」そのものであった。彼は結核から心身ともに立ち直るために、切実に「現実」を欲していたのである。この現実回復への飽くなき意欲こそ、病弱な江藤が、「死の欲動」をねじ伏せて起動させる「生の欲動」の過激な表象なのである。しばしばそれは、否定対象への激しい憎悪をともなった、激越な意志のスタイルの形をとって現れもした。それは、背反する二つの欲動が擦れ合う時の、激しい軋みだったかも知れない。

『昭和の文人』における江藤の堀文学への批判は、秋霜烈日の極みだった。だが、そこで語られた「現実の葛藤からの離脱」、「『夢』の世界への逃避」、「避暑地の虚構」といった評言は、全て江藤の若書き「フロラ・フロラアヌと少年の物語」にそっくり当てはまるものでもあったのだ。もっともこの作品には、「避暑地の虚構」だけではすまない、江藤独自のもうひとつの重大な虚構が仕込まれていた。この小説の舞台となる「高原」は、単に軽井沢風に浮き世離れした非現実的トポスではなく、あの「信太の森」に通底する、より積極的な反現実性を備えてもいたからである。

3「平面的倫理」と「垂直的倫理」

この初期作品で、先に見た「信太の森」に当たる場所（＝「高原」）は、死の緊張感を保ちながら、抒情的にソフィスティケートされた観念世界であった。主人公の少年が、年上の少女フロラ・フロラアヌと出逢う「高原」とは、だから子を置き去りにして消え去った母の棲む「異界」にも似た、擬似胎内空間だったのである。それにしても、この小品に立ちこめる死の気配の濃密さは、異様と言うべきであろう。

フロラよ、お前がどこに生れたのか、誰も知らない。それは高い火山がその峯の端にうっすらと雪をのこし、なにかわたしののぞみのようにたゆとう夕べの霧が、一しおさびしげに暮れかゝった五月の空をいろどる、そんなひなびた谷間の村だったかもしれない――それとも、永遠の母のように、なにもかも抱きとってゆったりとゆりかごの歌をうたう碧い南のほとりだったろうか。……

誰もお前の生まれたくにを知らない。そして美しいお前の存在をすら知ろうとしない。

フロラという少女と出逢う高原が、先に見た「信太の森」に通じる、あり得ない場所の代理表象なら、メルヘン世界から遣わされたこの架空の少女は、死んだ少年の母の代理表象と考えられよう。後年の江藤淳なら、「フォニィ」(phony＝にせ物)と断じたであろうこの小品で、彼はただひとつの歌を歌っていたのだ。その歌とは、「母の死が一寸した不在にすぎず、どこかに探しに行ったら、あの高貴な母が、すっかり全快した元気な姿で彼のまえにあらわれて来るような幻想」から醸し出される、変奏された母子物語なのであった。

すなわちフロラは厳密には、「他者」ではなかったのである。この物語で、英文学者を志した少年の母(江藤の実母・廣子に同定される)は、結婚によってその道を絶たれた女性だけに、美しいだけではなく、「高貴」と表現されねばならなかった。早熟な少年は、「そんな母のことを物語の女主人公のように想いなし」ている以上、フロラをその代理表象とみなすことに、不都合があろうはずはない。

ここで江藤の資質をそのまま象った「死の影」は、「母」の側から押し寄せてきながら、短命に終わる主人公の少年自身が周囲を染め上げる不吉な空気と、一つに溶け合っていた。非在の時空間に少年を閉じこめながら十九歳の江藤は、こう自問する。「わたしの少年の日はどこにいったのか、そのあじさい色のあわい哀しみはどこに行ったのか」と。

国籍不明の少女フロラを、母の代理としてこの世に呼び寄せた江藤は、このメルヘンがかった「観念の森」では、表象的に母を奪還することも、幸福な「少年の日」を取り戻すことも不可能であることに覚醒する。彼が堀・立原的な「私がたり」の世界と訣別し、「他者」を介した批評的

「私がたり」の世界に第一歩を標すのは、ここからである。

この「フロラ・フロラアヌと少年の物語」を書き上げてから三年目の夏、軽井沢にほど近い信濃追分の農家に泊まり、「夏目漱石論」を執筆した江藤は「他者」という概念を、早くも自律した批評言語として、自家薬籠中のものにしかけていた。

さて、堀辰雄との文学的訣別前後の江藤の批評的成長に関して、ここにもう一つエピソードを付け加えておく。それは『三田文学』の、「追悼　江藤淳」（一九九九秋季号）に掲載された武藤康史編年譜の昭和二十九年（一九五四）の項にある、彼自身の次の発言である。この年の六月、江藤は喀血して慶応病院で診察を受け、しばらく自宅療養が続いた。

　療養しているうちに、あるとき卒然と堀辰雄はおかしいのじゃないか、あれはペテンだ、と思うことがあった。それからしばらくして「マンスフィールド覚書補遺」というのを書いたのです。その補遺のほうで覚書に書いたものを引っくり返したわけです。（秋山駿との対談「私の文学を語る」『三田文学』四十三年一月号）

江藤淳が生の喪失感を「死の影」と自覚的に結びつけて、文学的に「非在」を生きる覚悟を示したのは、初期作品の「マンスフィールド覚書」によってであった。自筆年譜によると、江藤はこの論考を東大仏文科に進んだ日比谷高校時代の友人・安藤元雄（詩人）のすすめでこの年、同人誌

「Pureté」第三号に発表していた。
右の秋山駿との対談の抜粋部分だけを見ると、「マンスフィールド覚書」が堀辰雄的センスで書かれ、補遺はそれへの自己批判だったようにも読めるが、必ずしもそうではなく、評伝から得た伝記的事実の発見を踏まえ、逆の方向からこのユニークな女性作家を描き直したものだったのだ。前者の瑞々しさには、いまもって捨てがたいものがある。

マンスフィールドの前に世界は現存していなかった、という事実は興味ある事実だ。彼女の小説に出て来る人間達は、いかにも生き生きと生に満ち溢れているように見える。だが、それは夢の中で時折ぼくらが現実以上に鮮明な世界を見る場合と同様であって、これら作中人物はどれも幻影にすぎない。マンスフィールドの制作活動とは、死者との対話、或は死者と共に構成した、外界の事象に対する意見——の集成であった。

すでにここに、江藤淳の「死者との対話」と絶対不可分の「私がたり」のスタイルは確立していたと言ってよい。この資質から、江藤は逃れきることはできないので、『一族再会』から絶筆『幼年時代』に至る自伝的要素の強い批評文にあっても、彼は「私」と「他者」との関係を、そのような死者とのコミュニケーションを可能にする、虚構意識の上に構築していたのだった。
『一族再会』の冒頭に語られたように、彼は喪失した世界の再構成のために言葉を必要とした人間だったのである。(5)「不在の世界」にいる母との間の「沈黙に聞きいるために」、言葉を必要とした批評家、それが江藤淳の本質であった。

だが最晩年の『幼年時代』では遂に、あり得なかったはずの母との「声」のコミュニケーション回路が、奇跡的に回復されるのだ。そこで思いもよらず、旧い遺品の数々を包んでいる袱紗《ふくさ》のなかから、小姑に当たる父の姉に当てられた母の手紙四通を発見した江藤は、その「行間から、母の声が聴えて来た」ことに、自ら驚いている。

何度読み返しても、いや、読み返すたびにその声は、私の耳の奥に聴えて来た。それは落着いていて、知的で優しく、明かるい張りのある声であった。私はもう、母の声をよく覚えていないなどとはいえない。手紙を読み返すたびに、それは甦って来る。読み返さなくとも、私はその声を忘れることなどできない。私は、母の声を知らない子ではなかったのである。

江藤淳の「私がたり」は、この時はっきりと批評言語の臨界点を超え、「死の影」に包囲され尽くしていた。つまり彼はここで、長年禁じ手にしてきたはずのコミュニケーション回路を回復するために、散文的秩序と倫理を犠牲にして、「禁忌に抵触する」あの非在の「信太の森」に、自ら足を踏み入れようとしていたのだ。間違いなく彼は、何ものにも代え難い、甘美な幻想の核心部にある「母の声」に触れる代償として、最終的に批評を放棄しかけていたのである。

それ以前、「死の影」と、「虚体」と化した非在の「生の影」との息詰まる劇を文学的に演じていた頃、江藤淳の批評言語は、最も生々しく成熟した「他者」と「私」の影を産出していた。

彼は近代日本文学の悪しき伝統である、「私」の悪循環的な産出（=「他者」の抹殺）の物語に、ピリオドを打った批評家だったのだ。

「私小説は亡びたが、人々は「私」を征服したらうか」（『私小説論』）とは、人口に膾炙《かいしゃ》した戦前の小林秀雄の言葉だが、戦後批評の世界に現れた江藤淳の「私がたり」によって、近代文学のアポリアそのものであった〝社会化した「私」〟という問題機構は、ここでともかく批評的な突破口を見出したのである。

「私小説は又新しい形で現れて来るだらう」との右の一節に続く小林の予言は、江藤淳の仮構した批評的「私」の出現によって、無化されたも同然であった。江藤による「他者」という概念の批評的導入についての考察は、その意味でも批評的な「私」の仮構というテーマと切り離せない。この批評家の一連の「〇〇と私」シリーズは、だから「私」の露呈した身辺雑記風のエッセイとは、本質的に似て非なるものだったのである。

「場所と私」には、なにかに挑むような気持ちで借金をかき集め、軽井沢千ヶ滝の土地を手に入れる話が出てくる。「なにに挑むつもりだったかと訊かれれば、日本の〝戦後〟という奇怪な時代に、とでもいうほかはないような気がする」と、そこで江藤淳は語っている。

「戦後」という時代に抵抗する「私」は、肺病の病み上がりであり、母の死と家運の傾きという物語まで背負っている。だが、そこで限りなく物語的に突出する「私」は、「戦後」という時代にも増して奇怪だと言わねばなるまい。江藤淳の「私」は、単に「戦後」という時代を呪っているだけではないのだ。そうした呪詛とルサンチマンだけでは、収まりのつかないのが彼の「私」だった。千ヶ滝の土地を手に入れた彼は、程なくしてその場所に「小屋」を建てるだろう。

それはおそらく、どこにもない場所に私がつくりあげた隠れ家である。二十年前、私はどこにもない場所にたどりつこうとしてこのあたりをさまよっていた。今では私は、すでに若くさえなく、頭髪は減りはじめ、白髪も目立つようになりはじめているが、やはり言葉と名前でつくりあげられた、どこにもない世界をさまよっていることに変りはない。なぜなら私はいつも不在の世界に所属したいと希《ねが》っていたし、言葉はもともと非在の世界に属しているから。そして私の小屋は、そういう私の精神の傾きが、現実の世界に投射されたところに生れた、ひとつのささやかな象徴にすぎないのである。

これが江藤淳的な「私がたり」が、頂点を極めた部分である。常識的に考えて、このような資質をもった「私」は、批評ではなく詩歌、小説などの創作へ向かうものではなかろうか。だが江藤淳は、批評家になった。別の場所で彼は、「私が批評家というものになったのは、全くの偶然である」

（「文学と私」）と語っているが、その偶然性のなかには、「戦後」という奇怪な時代が、たまたま病弱な「私」を殺しもせず、かといって生かしもせず、生殺しのままに飼い馴らそうとする隠微な時間を本質としていた歴史の巡り合わせが含まれている。

いち早くそれを察知した江藤淳の批評意識の覚醒――その徹底した反戦後意識に拮抗できるのはおそらく三島由紀夫のみであろう――は、だが偶然を超えた何ものかに宿命づけられて、奇怪な「私」を不意に突出させる。彼は喪失の時代に拮抗するこの戦後的な価値基準に照らして偏向した「私」を、絶えず「他者」の監視のもとに置くことで、漸く言葉の世界に位置を占めることが出来たのだ。

ところで、戦後批評のパースペクティブからは見失われがちだが、先の小林秀雄の「私小説」に関する議論が、プロレタリア文学との相克の歴史を抜きには殆ど無意味であることを、ここで改めて想起しておきたい。(6) 江藤淳の「私がたり」が、戦後に出るべくして出て来た批評史的な背景として、戦前のプロレタリア文学運動の壊滅を逆手に取って、「私がたり」の伝統の切断を、戦時中の抵抗として積極的に組織した花田清輝のような批評家がいたことは、充分に注目に値しよう。『復興期の精神』で、「すでに魂は関係それ自身となり、肉体は物それ自身になり、心臓は犬にくれてやった私ではないか。（否、もはや「私」という「人間」はいないのである。）」と語り、後に「近代文学」派の〝人間主義〟と決定的に対立（モラリスト論争）することになる花田は、この言説によって、批評的な「私がたり」への渇望を、逆説的に挑発したのである。

花田によって禁じ手にされた「私がたり」の解除のために、激越なアジテーションを行ったのは、一九五〇年代から六〇年代にかけての吉本隆明だった。彼は花田流の政治的なインパーソナリティ（非「私」性）指向が、スターリニズムの官僚主義と癒着して、文学的パーソナリティ（「私」性）の抑圧に帰結することの危険を察知し、がむしゃらに戦中派的な「私がたり」を対置するのである。(7)

ここでの吉本の反応を、左翼的な「私がたり」の抒情的な噴出とするなら、江藤淳が示した「他者」を媒介とする「私がたり」の批評的定位は、『復興期の精神』の花田に対する最も保守的な反動と言ってもよかった。しかも江藤にあっての「私」は、もはや「私」という生身の「人間」ではない仮構性を十全に備えていたのである。

その江藤と吉本が、六〇年代以降、花田的なコミュニズムと、大江健三郎的な戦後民主主義へのブレーキとして、ときにあからさまに文学的〝連帯〟の歩調さえとったことは、ポスト小林秀雄の批評的ヘゲモニーという観点からも甚だ興味深い問題である。

やがて時代は、再び「私がたり」を拒否する柄谷行人の出現によって、局面を一変させる。吉本隆明的な戦中派左翼のかたりを、マルクス主義の文脈で言う疎外論のパラダイムに還元して見せた柄谷は、同時に小林から江藤へと継承された、〝社会化した「私」〟の成熟の物語を、アイデンティティ論のパラダイムに還元する。批評的に仮構された江藤淳の「他者」は、八〇年代に至り、虚構的な「外部」という、柄谷行人が導入したより抽象的な概念によって、相対化されたかに見える。「他者」という異物とのコミュニケーション回路を、『ドイツ・イデオロギー』の「交通」概念を手掛かりに、「外部」へと切り開いた柄谷は、八〇年代以降、小林―吉本―江藤に連なる戦後批評の圏外を志向することになる。その柄谷行人による一連の漱石論が、江藤淳の『夏目漱石』から受けた少なからぬ刺激のもとに書き始められたことは、文学史的事実を越えてやはり重要であろう。

既述の通り江藤は「他者」概念を武器に、私小説家の特殊な「垂直的倫理」との対比で、『道草』が開示する一般人の平凡な日常生活を律する「平面的倫理」の重要性を強調した。こうした問題の立て方を抜きにして、柄谷行人が漱石のテキストの内部から「倫理的な位相」と「存在論的な位相」の二重構造（両者の逆接的関係）を抽出することは、おそらく不可能だったろう。

二人の文芸評論家としての資質には、殆ど共通するものはない。とはいえ柄谷の漱石（論）が、江藤淳の描き出したそれの「脱構築」の結果（柄谷の『日本近代文学の起源』が、中村光夫の『明治文学史』の脱構築であるのと同じ意味で）であることは、否定できないのである。『第一次戦後派』を中心とする戦後文学はいわば『道草』を通過しなかった、すなわち自己内部で『道草』的相対化を経なかった文学なのだ」（「意識と自然」）。因みにこれは江藤淳ではなく、柄谷行人の最初の漱石論の一節なのである。(8)

4 傷ついたファミリー・ロマンス

「夏目漱石論」で、『道草』に示された「平面的倫理」について語った若き江藤淳は、この後『明暗』の分析では、「小林」という脇役でしかない「他者」が現出する禍々しい他者性を、比類ないスケールで語っている。

その際江藤は、『それから』から『明暗』までの七年の間に、大逆事件があったことを重視[9]している。さらに小林なる人物が、『野分』の白井道也や、『それから』の平岡に連なる、社会的地位に恵まれない〝「文明開化」の私生児〟であるとする、斬新な解釈を披瀝する。そして、このような人物の造型の背後には、ロシア文学とくにドストエフスキーの影響があった、と江藤は意味深長に語るのである。

> かねてから彼の作品に出没していた貧乏文士と社会主義思想とを結合して、小林という、いやがらせをして歩く「自棄的闘志」の人間を創造したのは、作者の非凡な烱眼を示すものであるが、ここで、触媒の役割を果たしているのは、いうまでもなくドストエフスキイである。社会的無能力者であるインテリゲンツィアと、革命的思想を結合してみせた本家は、このロシアのテンカン持ちであったが、帝政ロシアと同様に後進国である天皇制日本に於て、この種の結合が必然であることは、後に事実が証明している。森田草平から、ドストエフスキイの殆ど全部の作品を借覧していた漱石は、『明暗』にいたって、はじめてロシア文学的要素をその作品に導入することを許しているのである。

これが、江藤淳によって発見された、夏目漱石の作品世界に現れる、禍々しい「他者」の無気味さの正体である。[10] 小宮豊隆による晩年の漱石をめぐる「則天去私」伝説は、例えばこうした「他者」の立ち現れを、批評的にあとづける具体的な作業を通して、解体に追い込まれてゆくのである。

さてところで、江藤淳による「私がたり」が、私小説的なそれを、最終的に超克するのは、文壇デビュー以後も多面的に展開された漱石をめぐる諸論考、および、「日本と私」から『一族再会』へと至る自伝的系譜の作品群においてである。同時にこの批評的展開に応じて、江藤の「私がたり」は、深々とその限界を刻印していったのだった。

「夏目漱石論」の発表から十年後の講演「『道草』と『明暗』」で江藤淳は、漱石の『道草』が「帰ってきた男を主人公とする小説」[11]であることを強調している。これは私小説が「出てきた人間の小説」であるのと好対照だ、と彼は語る。彼の定義では、私小説とは、田舎から出てきた人間の自己実現の欲望を中心にして書かれる小説で、それは人間関係をふり切ってひとりになって行くことで、自己を実現しようとする文学なのだ。これに対して『道草』は、英国という都会から東京という田舎に帰って来た人間の、幻滅と自己発見を主題として書かれた小説なのである。

では、『道草』や『明暗』の私小説に対する文学的な〝優位性〟の根拠は、何処にあるのか。私小説の一元的視点に対して、『道草』の視点が多元的であり、前者の主眼が自己肯定であるのに対し、後者がそういう手前勝手を相対化する、「俗な視点」に取り囲まれて生きる人間の現実を認識できていること。あるいは『明暗』に見られる「複雑なポリフォニックな構成」の優位？　否、おそらくそんなことが重要なのではないのだ。

江藤淳はただ、「自己を実現しようとする文学」の健康な「私がたり」に、我慢がならないのである。そこには「how to live」という一方的な問いがあるだけで、「how to die」に関する自問が欠如している。ましてや、二つの全く次元を異にする問題を、全く別種の態度で解いて行こうとする複眼的な構えなど、求めても無理である。要するに私小説とは、「how to die」を不問にしたままの、もっぱら「生に追跡される」人たちの無垢なる「私がたり」に過ぎないのではないか。

一見私小説風な、と江藤自身が呼ぶ『道草』の「私がたり」に、彼が違和なく自らのそれを重ね合わすことが出来たのは、この小説の主人公・建三の「自己発見の過程」が、根源的な自己喪失を通した、相対的な自己実現の物語として語られているからだろう。そして、こうした漱石の知的に相対化された「私がたり」に同調している限り、江藤淳は露骨な自己喪失の「私がたり」を禁欲することが出来たのである。

考察すべきは、『道草』の主人公・健三の前に現れる養父・島田の不吉な影だ。その影に主人公が怯えるのは、縁を切ったはずの「養父」=「他者」の出現によって、彼が本質的に世界を喪失した「孤児」であることを、その都度突きつけられるからである。単にそれは、この主人公のエゴイズムなどではない。そもそも私小説に、そのような形で主人公を脅かす「他者」など現れはしない。健三の怯えは、生命の根底より発する存在論的な怯えなのである。江藤淳の資質は、ここで初めて自らを仮託し得る虚構的同類を見出したことになる。

健三は、彼が接触するあらゆる人間からお前はいったい何者なのだと問われつづけている。一体おれはだれだ、何者なのだと彼はこの問いをうけて自問しつづけなければならない。この問いは健三をその不幸な幼年時代に、その孤独感の核心に、あるいはその人生に対する怖れの奥底につれていきます。(「『道草』と『明暗』」)

もっともこの小説は、そうした存在論的な怯えへのアプローチによってのみ際立っているわけではない。『道草』によって漱石は、「明治時代という過去から、大正時代という現在に身を投じた」のだと江藤は語る。言い換えるなら、大正というエゴイズム肯定の時代の「現実」に、復帰したのだと。もとよりそれは、この遠い所から帰って来た男が、「俗な視点」にとりかこまれた「水平的倫理」の支配する、人間の「現実」に帰還(12)したことを意味する。

だが不幸なことに、彼の批評言語が「現実」という言葉と触れ合うときは、この生粋の批評家が、危うく不可能な「自己を実現」しようとする時でもあったのだ。その本能的な危機感から江藤は、私小説とともに「エゴイズム」=「我執」を唾棄し、「現実」を超えた価値(「国」、「公け」、「天」)を大胆に肯定するのだ。「明治の精神」を強調し、その精神に殉じようとした生身の漱石の偉大さを称揚するのも、そのためである。

「日本文学と『私』」では、漱石の存在の根源にかかわる「エディポス的な危機」と、開国、維新に見られる日本国家の「エディポス的危機」が重ね合わされ、「朱子学的世界像」の崩壊後の「自己完結的無秩序」が痛撃される。

こうした大仰な身振りとは別に、江藤淳の「私がたり」が、もっと深い音色で、凄まじい喪失の歌を聴かせてくれるときがある。未刊行に終わった「日本と私」などはその最たるものであろう。『道草』が、帰って来た男を主人公とする小説であるとするなら、それを発見した江藤もまた、遠い所から帰ってきた男だった。「日本と私」は、高度成長期のまっただなかに現れた、この批評家ならではの「新帰朝者手記」だった。

未完のまま放置されたこの連載エッセイは、昭和三十九年(一九六四)、留学先のアメリカ[13]からヨーロッパ経由で帰国した江藤淳が、オリンピック開幕直前の東京に投げ出され、転々と住居を変えながら日常生活と格闘する様が、闊達な筆致で描かれている。夫婦、家族の関係から、親友・山川方夫の死までを赤裸々に語ったこの極めて自伝色の濃い作品は、あらゆる意味で江藤の非私小説的「私がたり」の可能性とともにその危機的限界を炙り出している。

この未完作品で彼は、「日本」と「私」の批評的な接続に失敗しているのである。その理由は江藤淳の「私」が、帰国後のどさくさのなかで、余りにも「生に追跡される」人であり過ぎているためである。さらに高度成長の最中にあった日本がまた、戦争による夥しい「死の影」を一掃して身軽になり、激しく「生に追跡される」時代に移行しつつあったからだった。

彼はその当時の心境として、「ふしぎなことに「国家」は、日本に帰ってからどんどん遠くに行ってしまうように思われる」という、極めて印象的な言葉を残している。江藤淳の「私がたり」は、ほとんどこのとき「死の影」との緊張関係を失いつつあった。取りも直さずそれは、批評家・江藤淳の精神の危機を意味していたはずである。

それでもなお彼は、喪失の歌を歌わなければならない。何故ならそれが、自らを「虚体」と化し、江頭淳夫から江藤淳に変態を遂げた批評家の実践的倫理だったから。

帰って来た男の話である「日本と私」の第一話のタイトルは、ずばり「帰ってきたとき」である。江藤淳の「私がたり」は、帰国後直ちにのしかかってくる暗く、重い「血縁」に「進んで拘束されること」の「自由」を選択するという、屈折した決意から始まる。父を「拒否」することの不毛を知った彼は、「長男の権利をすべて放棄するかわりに、長男の義務をすべて引き受ける」ことで、その抽象的な「自由」に実質を与えようとするのである。いかにも江藤的な〝実践倫理〟である。『道草』の健三に付きまとう養父・島田の影のように、江藤淳の父は、不気味に彼の「私がたり」を脅かし続ける。問題はこの「父」と、「子」である江藤が、「母」の「死の影」と、その喪失の物語をいかに共有し得るかという、あらかじめ不可能なファミリー・ロマンスの日常的な修復にあった。

江藤淳の父・隆は、この一人息子が六歳の誕生日を迎えた直後に再婚していた。傷ついたファミリー・ロマンスは、やがて喪失の物語を孤独に生きることになる江藤淳に、「生への欲望」と「死への欲望」(「鷗外と漱石」)の絶対的不均衡の自覚をもたらした。彼の癇癪は、直接的にこの不均衡への防衛反応だったのである。「日本と私」は、時おり間欠泉のように噴出するこの癇癪の内省的記述によって、読み物としてのある残酷な面白さを体現している。

江藤淳は自他ともに認める癇癪もちだった。改めて言うまでもなくこの気質は、四歳半で母親を喪った彼の喪失の物語と、深く切り結んでいた。登校拒否児童だったらしい彼は、結核菌により肺門淋巴腺をおかされていることが発見されるや、秘かに凱歌をあげるような少年だった。戦前、昭和十四年（一九三九）当時の話である。「文学と私」で彼は、その頃のことをこう語っている。

> 今考えると私は、当時の自分が肺門淋巴腺ばかりでなく、同時に精神をも病んでいたのではないかという気がしてならない。エリック・エリクソンの名著『幼年期と社会』にあげられているchild schizophreniaの症例のうちに、私が体験したものとよく似た例があげられているからである。とにかく私はその頃、肉体の病気よりもっと深刻な精神の危機を体験していたことは否定できない。この危機の奥底に、母の死によってにわかに自分と世界とのあいだのきずなを切断され、混乱を来した幼児の絶望が潜んでいたのも、疑いのない事実と思われる。（傍点、江藤）

エリクソンの右の著書（翻訳タイトルは『幼児期と社会』*Childhood and society*）に報告されているchild schizophrenia（小児分裂病）の例は、母親が肺結核を患って病床につき、一時的に乳母に育てられた子供に認められた知覚認識障害についてである。これが江藤の関心を引かなかったはずはない。

たとえば、遠くにあるものや空想上のものに心を奪われる。手もとの仕事に注意を集中させることができない。何か空想的な計画があるらしく、それにうまく適合しない周囲の人たちとは、密接な接触をことごとく激しく拒否する。また、言葉による伝達が成立しそうになると、突如として漠とした言葉の通じない世界へ逃避してしまう。言葉の意味はたちまち無くなり、おうむのようにきまりきった文句の繰り返しに変り、そして同時にかすれた絶望の声を発するのであった。

果たしてこのうちどの程度までが、江藤が「体験したものとよく似た例」なのかは、分からない。だがこの同類が、暗い納戸に閉じこもったり、時に癇癪を起こしたり、やがて堀辰雄の自閉的に完結した非現実的時空間に深入りしてゆくというのは、ありそうなことだ。そしてその彼が、誰よりも切実に「他者」を、「現実」を、「言葉」を欲するようになるということも。

母親の死により、自分と世界とのきずなを切断された幼児の混乱と絶望――その絶望の輪郭が、形をなさないまま崩れかけたとき、彼の分裂病気質は、癇癪となって爆発するのである。しかも江藤にあって、それは幼年期に特有の病理にとどまることはなかった。戦後間もない頃、十代の前半のことと思われるが、江藤少年は前後不覚に近い状態で、刀を振り回し祖母に斬りかかるという〝事件〟を起こしている(『一族再会』)。

厄介なことに、この少年にとって戦後の「解放」は、新たな「荒廃」の始まりに過ぎなかった。世界を喪失した〝孤児〟は、戦後という時代の精神的な〝孤児〟にもなりつつあったのである。そこで自分と世界とのきずなの回復を求め、激しく「他者」を希求する江藤は、一面度外れに「私」に淫するようにもなっていった。「虚体」としての意識が仮構したはずの江藤の「他者」と「私」は、あたかも「生への欲望(動)」と「死への欲望(動)」との間の亀裂を増幅させるような方向で、危機的な分裂を体験していたのである。それはchild schizophreniaとは別の、批評家に成長した江藤淳の特異な精神構造として、独自に抽出できる「内部の分裂」だった。

その癒しがたいトラウマ(精神的外傷)が、事ある毎に顔を覗かせる「日本と私」は、それだけに痛ましい未完作品なのだ。もはやここでの江藤の「私がたり」は、自他を律する批評的規範を喪いかけて、精神の不均衡の後追いの役目しか果たしてはいない。父を「拒否」することの不毛を知り尽くしたはずの江藤は、だが依然としてその不気味な影に翻弄されている。その落ち着きの無さは、とても三十を過ぎて一段と脂の乗った批評家のものとも思えない。

父に反抗することの「古典的な贅沢」から見放された彼は、むしろ積極的にその庇護者として振る舞おうとさえする。だが実際には、「私のなかに逃げこんで来る父の重みに絶え切れなくなって、私は怒鳴ったり悲鳴をあげたりしてしまう」といった体たらくなのだ。自らの再婚によって、結果的に亡き妻を少年にとっての永遠のエロスの対象（かの「信太妻」の「母」のような）にしてしまった父は、成長した子をそこに縛り付けるかのように、厳重にそのエロスを管理しようとする。江藤の無意識は、この父による〝去勢〟への恐怖に戦いていたのだ。江藤淳の child schizophrenia は、新しい母＝義母の存在によって本当の母を忘却せよとの命令を感受しつつ、一方で無意識のエロスをそこに釘付けにされるというダブル・バインド（二重拘束）によって、本格的な分裂症状を惹起させたのではなかったか。いずれにせよ、江藤の成熟を阻んでいるのは、紛れもなく彼の父親だったのである。

父は私が「自分の家」を持つことを喜ばなかったように、私が結婚することも喜ばなかった。それは相手が家内だったからというわけではない。どんな女と結婚しようとしても、父はそれを喜ばなかったにちがいない。私が生きようとし、自由に、幸福になろうとすることを父は許さない。それは父が私を憎んでいるからではなく、私を愛しすぎているからだ。父は私が自分の外側にいることに耐えられない。しかし彼の内側にいれば、私は間違いなく窒息してしまうことがわかっている。どうして父は、私が拒否せざるを得なくなるほど近くに追いすがって来るのだろう。

厄介な父子関係と言うしかあるまい。より厄介なのは、こう書きながら江藤淳の「私がたり」が、思わず漱石の『道草』を無意識に反復してしまっていることである。とりようによっては、「日本と私」というこの未完作品は、高度成長のまっただ中に遠くから帰って来た江藤淳という男が、『道草』の終わり近くにある「世の中に片付くなんてものは殆どありやしない」という主人公の台詞を、呑み込んだままなされる「私がたり」だったのである。

しかし本当に片付かなかったのは、江藤における「日本」と「私」の関係であったろう。それというのも、アメリカにいたときにリアルであったはずの「日本」のイメージが、帰国後にわかに拡散し始めたからである。ここでも江藤淳は、「日本」と「私」の分裂を過激に生きることになるのだ。「コロニアル・スタイルまがい」の牛込のアパートでの帰国後の生活を皮切りにして。

両者の折り合いに最終的な決着を付けるために、やがて江藤淳は無条件降伏論争にコミットし、戦後の「閉ざされた言語空間」の神話剝がしに大鉈《おおなた》を振るうことになるだろう。彼の批評精神は、しかしそうした大きな物語の回復だけでは自足しないのだ。『一族再会』をピークとする小さな「私がたり」の中で、むしろ彼の批評的感性は大らかにその翼を広げている。

「日本と私」の「私がたり」は、それよりも語り口が露骨で、やや洗練を欠くきらいがある。あろうことか江藤淳は、ここで癇癪を起こして妻を殴ったことを告白したり、十代の半ば過ぎに義母の蒲団に潜り込んでいた義弟を、無理やり引きずり出して打擲を加えたことを回想し、償いを口にしたりまでしているのである。

私は義母に対しても償いたい。ただ弟を殴ったという事実に対してだけではない。私はあのとき激昂させた事実の背後にひそむなにものかに対して、私は償えるものなら償いたい。

その「なにものか」の正体が明らかにされるのが、『一族再会』前半部の抑制の効いた「私がたり」である。江藤淳は語る。

たとえば私が弟妹と母親を異にしているという事実は、私が結婚するまで公式には弟妹に知らされていなかった。つまりこの秘密は父と義母と私とが、協力して守り通さなければならぬものであった。私はこの役割をかなり忠実に果たして来たように思う。事情を知らない人からあるとき義母とそっくりだといわれて、私はひどく嬉しく思ったことがあったほどだからである。しかし同時に、あたかもなにごともなかったかのように生活するということは、父や義母はもとより私にもかなり重い心理的負担を強いた。あるいはそれは子供にすぎなかった私にとって、最も重い負担だったかも知れない。そのためか私はときどき発作的に癇癪をおこした。父はそれを「わが儘」といったが、そのことに私はいつも深く傷ついた。私は癇癪がよくないことは肝に銘じていた。しかし私は「わが儘」のために癇癪をおこしたのではなく、日常茶飯のうちに自分に課せられているこの虚構の重さに、ときどき耐えられなくなったのである。

『一族再会』は、痼癪のかわりに「虚構を破壊する行為」、つまり生きている家族の虚構を破壊するための、一族の死者たちによる、もう一つの「家族」の虚構的な再現＝構築を企図した、「私がたり」だったのである。彼の「私がたり」は、そのように世界喪失の悪夢から逃れようとして抱え込んだ、複数の虚構の重みに耐えるためにこそ持続された。『妻と私』で、不治の病におかされた夫人との別れを前にした感動の日々を語った彼は、この絶唱に近い「私がたり」を終えたところで、その最後の対象である亡き母の方へ必然的に赴いた。

『妻と私』擱筆の直後、『幼年時代』で亡母の遺した旧い手紙の文字から「声」を立ち上げ、「私は、母の声を知らない子ではなかったのである」と書き記したとき、江藤淳は自分がもう「死の影」に包囲され尽くしていることを、はっきりと自覚していたであろう。彼はここで、四歳半の時に喪失したはずの世界の一端に擬似的に触れてしまったのである。聴こえないはずの母の声をめぐる「私がたり」は、江藤淳という動く「虚体」の影を、再び虚ろな「実体」に変態させるに充分だった。江藤淳の「私がたり」は、もうこのとき何処で終わってもよいほどに煮詰まっていたのである。

第二章

散文的、余りに散文的な

1 埴谷雄高との出会いと訣別

一九三二年（昭和七）生まれの江藤淳は、文学世代として小林秀雄を〝父〟とするなら、野間宏、武田泰淳ら第一次戦後派と、本多秋五、平野謙ら『近代文学』派をいわば〝叔父〟とし、遠藤周作、安岡章太郎らの第三の新人たちを〝兄〟とする戦後世代に属していた。

一九七〇年代以降の江藤淳の言説からは、想像もつかないことかもしれないが、五〇年代後半の短い時期に、例えばその〝叔父〟たちの一人埴谷雄高との間に、蜜月と言うに近い親密な交遊があったことは注目されてよい。かねてから六〇年安保を決定的な転機とする政治的な方向転換、あるいは『作家は行動する』（五九年）から『小林秀雄』（六一年）への転回にみられる「変節」（松原新一）をあげつらう向きもあるが、ここで考えてみたいのは、むしろその蜜月を可能にした、江藤の一九五〇年代から六〇年代初頭にかけての批評言語のアクチュアリティについてである。

一九七八年（昭和五十三）、かつて平野謙が『現代日本文学史』[1]で、ポツダム宣言の受諾をもって無条件件降伏としたのに対し、江藤淳がこれを「謬説」と断定したことで、同じ『近代文学』派の本多秋五との間に、無条件降伏論争が生じたことについては、既述のとおりである。

また、『小林秀雄』の執筆に際して、未刊行資料の提供を受けた大岡昇平との間に、学位請求論文『漱石とアーサー王傳説——「薤露行」の比較文学的研究』をめぐって、激しい論争が取り交わされたのも七〇年代の半ばの出来事であった。ただし、こうした先行世代との文学的訣別のなかでも特筆すべきなのが、埴谷雄高との短い蜜月の後の、二度と修復されることのなかった関係であろう。

小林秀雄と中野重治、そして蔵原惟人という三人の文学上の〝兄〟をもつ『近代文学』派の同人・埴谷雄高と江藤淳との接点ができたのは、一九五七年（昭和三十二）、結婚直後の江藤夫妻が武蔵野市吉祥寺で新生活のスタートをきったのが大きなきっかけであった。自筆年譜によると、ここから都内目黒区下目黒四丁目に転居するのが二年後で、その年の項目に「吉祥寺時代、近所のため訪れてときどき文学談を聴いた埴谷雄高と往来漸く疎なり」と記されているのが目につく。

江藤淳が近所の埴谷宅に出かけたのは、文学談を聴きに行くためだけではなかったようだ。埴谷本人の証言によると、そこでは武田泰淳夫妻、竹内好夫妻、丸山真男夫妻などを交えた「埴谷家の舞踏会」が何度か催されたらしく、仲のよい江藤夫妻がそこに加わり、「何時も二人だけで踊った」（「江藤淳のこと」『埴谷雄高全集第9巻』）といったこともあったからである。すると、この二十歳以上も年の離れた二人の蜜月は、戦後文学ひいては戦後思想史上の一時の光芒を、何ほどか象徴する出来事とみなすこともできよう。

江藤の最初の埴谷詣では、吉祥寺での新婚生活が始まる以前、『夏目漱石』を上梓した学生時代に遡る。この出世作の序文に平野謙の〝お墨付き〟を貰っていた彼は、女房的リアリズムを駆使するこの最も下世話な文芸評論家に続き、『近代文学』派の第二の牙城として平野の対極にあった

〝難解王〟埴谷雄高に、狙いを定めたのではなかっただろうか。親子ほどにも年の離れたこの二人の文学者の蜜月のピークが、『作家は行動する』（一九五九年）を書き始めた頃から、六〇年安保を睨んで江藤を中心に石原慎太郎、浅利慶太ら同世代の表現者が「若い日本の会」[2]を結成する時期であったことは、先の「江藤淳のこと」によって確かめられる。

ところで、このエッセイを埴谷に書かせた動機は、複雑に入り組んではいるものの、例の無条件降伏論争の一年前の七七年という発表時期を考えると、江藤淳が戦後文学の総体に向けた根底的かつ全面的な否定の刃を、かなり露骨に『近代文学』派に向け出したことへの反撃の意味が込められていたと推測することができよう。埴谷自身に関して言えば、七五年に約四半世紀ぶりに発表された『死霊』第五章「夢魔の世界」に対する江藤淳の全否定的言辞、さらに追い討ちをかけるようになされた、人格攻撃にまで及ぶ埴谷叩きへの本格的応戦でもあったろう。

埴谷の神経を最も刺激したのは、先のエッセイにも引用されている開高健との対談「政治と文学」（『文學界』七五年十月号）での江藤の次のような発言部分だった。埴谷に言わせるなら明らかにそれは、「『死霊』批判の延長」でなされた、「私自身に対する暗い内心の怨恨の一種激しい吐露」であったのだ。

江藤　私は、吉祥寺に住んでいた頃、埴谷さんと家が近かったので、時々、遊びに行った。たいへんな遊び人でもあるし、ダンスもうまいし、魅力的な人です。ただし、この人は、人を操作する人です。このことは昔書きましたけど。

江藤　アジテーターとはあえて言わない。もっと微妙な高級なものです。これは多分、今の文壇ではだれもいう人のいないことでしょう。しかし、私は、そういう現文壇の雰囲気がよくないと思っているので、偏見かもしれないけれども、この感じ方は、一個の物を書く人間として偽りがたいと思うから言うんだけれども、この人は、人を感奮興起させるんです。それは何も、「おまえ、これから行って革命運動をやれ」というような意味ではないんだ。もっと多様に感奮興起させるんだ。私は教師だから、学生にはある程度、感奮興起してもらわなければ困ると思うこともある。だけど感奮興起させた結果、自分の価値観を実現させようなどと考えたら、教師の本分を逸脱してしまう。それは、学生の自由を奪うことになる。

埴谷さんは、感奮興起させるということについていえば、良師というべき人です。ところがその一歩先がいけないんです。われわれはどこか感奮興起することを求めているから、その言葉が非常に甘く響く。しかし、その結果、私が私の運命をたどり出したとき、「きみ、それは違う」ということになる。なぜ違うのか、おれはこれしか生きようがないじゃないか、ということになる。

となると、これは教育者ではないんです。私自身を目的としてそう言ってくれたんじゃなくて、自己の目的のために、私を感奮興起させようと思って言ったんだ、というふうに若い私は解釈した。それ以来、埴谷さんのところへ行かないし、埴谷さんという人の魅力は十分認めるけれども、私はおつき合いしないんです。

一九七二年に発覚した、日本革命運動史上最悪の凄惨な粛正劇、連合赤軍内の大量リンチ殺人事件に刺激されて久々に書き起こされた『死霊』第五章を、ある種の興奮をもって迎えた文壇内にあって、あからさまにアンチ埴谷色を打出した開高健との対談だっただけに、ここでの江藤発言の〝政治的効果〟には、無視できないものがあった。

埴谷雄高の反論のポイントの一つは、『作家は行動する』から『小林秀雄』に至る、わずか二年の間に起こった江藤淳の「文学的姿勢」の変化ということであった。一九五九年一月の日付をもつ前者の「あとがき」で、江藤はこの書き下ろし長編評論の完成に、「激励と有益な示唆」を与えてくれた埴谷雄高の名を特に記して、謝意を表している。ここで注記しておかねばならないのは、『作家は行動する』という書物が、漱石の「則天去私」神話を批評的に解体したのに続き、志賀直哉および小林秀雄の文体批判によって、もう一つの神話剝がしを敢行した、極めてアグレッシブな批評作品だったことである。

埴谷はことさら自分に引き寄せて、あたかもそれが彼自身の「激励と有益な示唆」によって可能になり、逆にその「感奮興起」への反省から、一転して『小林秀雄』では、「私は小林秀雄氏に対して不公正な態度をとっているのではないかという疑いに、突然とりつかれた」(「あとがき」)と江藤に言わしめるに至った、「文学的姿勢」の変化を問題にしているのである。つまり埴谷はここで、江藤淳による小林批判の〝黒幕〟が、ほかならぬ自分自身であることを半ば認めた上で、「文学的姿勢」の変化については、江藤自身の問題であるとボールを投げ返して見せたことになる。

江藤淳が埴谷雄高への「共感」から転じて「違和感」を覚えるに至り、「ひいては、『近代文学』、戦後派と離れることになつた」その「文学的姿勢」の変化に口をつぐみ、もっぱら埴谷側の「操作」を言い立てているところに、彼は江藤の態度変更をめぐる「自己隠蔽」を見たのだ。そして埴谷の反論の第二のポイントは、それが単なる「文学的姿勢」の変化にとどまらず、「政治の領域」にもまたがる問題だったと指摘している点にある。

ここで埴谷は、二人の間にかつてあった「共感」は、「文学上ばかりでなく政治的にもあったのであつて」、「当時の若い江藤淳は私よりさらになお、「左翼的」であつたといえる」という、かなりスキャンダラスな〝事実〟さえ暴露しているのである。埴谷雄高が、六〇年安保前夜の江藤淳の「左翼」性に翳りを認め、はっきりと懸念を表明したのは、『小林秀雄』の書評(「東京新聞」一九六二年一月二十四日)に遡る。そこで彼は本多秋五を擁護しつつ、この本の第二部の「足踏み」の一因が、『近代文学』系の「政治と文学」観が小林秀雄理解を誤らしめるという、江藤自身の「政治」についての見解の固持に由来すると語っていたのだ。

では埴谷言うところの、五〇年代の江藤淳の「左翼」的な可能性とは、いかなるものであったのだろう。私たちはここで『日附のある文章』や『表現としての政治』といった、江藤の政治色の濃い著作によってそれを検証するのではなく、あくまで五〇年代末の文芸批評作品『作家は行動する』に沿って、再びそれを批評的な「左翼」性の問題に差し戻して考察してみることにしよう。『作家は行動する』は、なるほど過激な内容をもった文芸評論には違いなかった。埴谷雄高がいくぶん興奮気味に、「これは大胆な価値転換の書である」と、その書評（「江藤淳『作家は行動する』」）で最大限に持ち上げて見せたのもむべなるかなで、安保前夜の江藤淳が、政治的にいかに「左翼的」であったにせよ、この書物のもつ過激な〝左翼性〟に比べるならなお凡庸なレベルにすぎないと言えるほどである。その価値転換の基軸は、埴谷が精確に指摘するように、「志賀直哉と小林秀雄を近代日本文学を圧殺したところの「負の文体」として取りあげる彼」の斬新な戦略と、ラディカルな批評上の方法意識にあった。

今となっては、この時期の埴谷が江藤淳を、具体的にどのように「感奮興起」させたのか、その内容を確定すべくもないが、志賀・小林という神話的な固有名をもった二人の文学者を、近代日本文学を圧殺した「負の文体」の持ち主として、容赦ない批判を浴びせるのに埴谷雄高その人が果した、隠然たる影響力はやはり無視できまい。先の江藤・開高対談での「感奮興起」の一語からは、江藤側のそうした感情の屈折が充分読みとれるし、「江藤淳のこと」で埴谷自身が、その方向に江藤を煽ったことを、暗黙のうちに認めているからである。

「極めて単純にいえば、江藤淳は「共感」をもつて埴谷雄高のもとへ赴き、「激励と有益な示唆」を与えられて『作家は行動する』を書いたが、しかし、書き終つてからの或る時期反省してみると、

「私は小林秀雄氏に対して不公正な態度をとつているのではないかという疑いに、突然とりつかれた」(『小林秀雄』「あとがき」)のが、江藤淳の場合における「文学的姿勢」の変化なのである」(「江藤淳のこと」)

老獪な埴谷は、その時期の江藤との間にあった「共感」を強調する一方、「こと「文学者」に関する限り、他からの「操作」によつて、その他の「目的」通りに一変することなどあり得ない」とし、江藤の「私自身」を大きく変えて、違った方向の「私自身」へ向かわせたのが、彼の「操作」などではなく、江藤自身の問題であることを、抜け目なく語っている。「文学的姿勢」に著しい変化が見られたのは江藤であって、自分の姿勢は一貫しているとでも言うように。開高との対談は、そうした江藤の埴谷への「深謝」から「自己痛恨」の段階を経て、攻撃へと転じるまでの「一種不気味な心の動きの記録」だというわけである。埴谷のここでの「共感」と「操作」をめぐる自己認識は、感情を剝き出しにした江藤淳よりも、さらに政治的であるとさえ言えよう。

そこで改めて気になるのは、埴谷も引用している江藤の自筆年譜の次の件である。「吉祥寺時代、近所のため訪れてときどき(註、埴谷に言わせるなら「屢々」)文学談を聴いた埴谷雄高と往来漸く疎なり。冬、季刊誌「声」に『小林秀雄』(六号より十号まで連載)を書きはじめる」。

これで見ると、埴谷詣でにピリオドを打った後に、その影響もあって「不公正な態度をとっているのではないか」とも疑われた、小林秀雄という巨大な批評対象に、漸く公正な態度で向き合う用意ができたといったニュアンスさえくみ取れるのだ。いずれにせよ自筆年譜が物語るように、埴谷雄高との蜜月の終わりと、『作家は行動する』から『小林秀雄』への江藤淳の転回は、直接踵を接していることになる。

ここではまず、『作家は行動する』における過激な志賀・小林批判の内実を、「負の文体」という概念規定に沿って一望し、続いて同書で展開される大江健三郎以下、三島由紀夫から埴谷雄高に至るまでの現代作家についての文体論——再び「江藤淳のこと」によると、「いまから思い返せば、とうてい考え及ばぬほど仔細な『死霊』の文体論もまたそこに述べられているところの」——を順次検証していくことにしよう。

ところで私たちは前章で、『夏目漱石』における江藤が、志賀直哉という「小説の神様」を、ほぼ全否定に近い形で葬り去ったことを見てきた。批評的な手続きとしては、「志賀直哉が最初から放棄して顧みなかった他者」を、漱石が終生の問題としたところに、その可能性を見出したことである。『暗夜行路』の対極にある漱石の作品世界は、江藤によると、志賀的な自己絶対化を目的とする「垂直の倫理」に対する、日常生活の倫理に根ざした「平面的倫理」によって特徴づけられていた。志賀に振られたここでの役回りは、「白樺派」的な他者欠如の理想主義と、自己絶対化・自己抹殺の隘路に孤立する、私小説的「我執」の臨界点を同時に象徴する近代作家といったところであった。

『作家は行動する』では、さらにそれが小林秀雄との抱き合わせで、「負の文体」あるいは「負の行動の論理」の致命的欠陥として抉り出されるのだ。ここでの江藤淳は、健康なまでに〝左翼的〟

でさえある。彼は「負の方向への衝動が、ことさらに近代日本文学を侵蝕し、毒し、不毛にしている」として、そのような衝動のひそんでいる私小説、さらには志賀・小林の存在を、最高の鞍部として批評的乗り越えの対象に定める。

近代日本文学史上の最高の達成であることを認めた上で、江藤がそこに「負の方向への衝動」が潜んでいることを鋭く嗅ぎ当て、批判のメスを加えたのは、おそらくその衝動が、自己抹殺と不可分の他者なき自己絶対化に帰結するからだけではない。それは、批評家・江藤淳の内面の劇にかかわることだった。死の衝動を潜在させていることを探り当てたここでの彼の「批判」とは、自身の危機的防衛本能の自動的働きだったとも言えるのである。死を厳重に管理する批評家・江藤淳――やがてそれは、後の『小林秀雄』の中心的なテーマとして顕在化する。そこでは、小林の批評が「自殺の論理」、「死への情熱」によって発火していく様が、鮮やかに描き出されていたのだ。

江藤の解釈によると、プロレタリア文学からの転向者たちは、ことごとく小林のそうした内面の劇に遅れて、「死」を所有する「他者」という概念に行き着くのであって、その逆ではない。そして江藤淳とは、「死」を所有しながら、その欲動から発する「負の文体」を拒否した批評家だったのである。

その論理的な大筋を、『作家は行動する』の前段階に遡って、たどり直してみよう。例えば、冒頭の「言語と文体」で述べられたところによれば、他者の意識のないところでは、私小説的な「人生論」は成り立っても、「倫理」が芽ばえることはない。したがってこの場合に文体は、「静的」になる。「いうところの私小説の現実密着的リアリズムは、このような行動の放棄や自己解消の欲求の上に成立しているのである」――ここで言われていることと、その延長で志賀・小林の名とともに断罪される「負の行動の論理」、「負の文体」という概念の設定を媒介するものは、死の衝動を秘めた文体の強度に対する江藤自身の、極度に研ぎ澄まされた怯えの感覚以外にはなかった。この怯えが江藤に、私小説を否定的媒介とした志賀・小林流の絶対一元論への反発を誘発し、徹底してそれを相対化する「倫理」を要求するのである。

小林流の「自殺の論理」によっては、彼は内面に潜む「死への情熱」を自己管理することはできない。それは志賀直哉の絶対一元論の野性に連なる強者の論理であって、「死への情熱」に取り憑かれた世俗的な弱者は、俗なる「倫理」によって、絶えずそれをねじ伏せなければならない。それが小林秀雄に対する弱者・江藤の対峙的な距離だったのである。戦後批評はこの段階で初めて、「死の恐怖」を克服した超越的「主」の言説に拮抗する、世俗的「奴」の散文的論理を、「死の恐怖」との緊張関係を生きる一人の批評家によって、可能にしたのであった。

蜜月時代の「奴」江藤淳が、「主」埴谷雄高の『死霊』の文体に、形而上学的に抽象化された「負の文体」の極限的な可能性を、重ね合わせていたことは想像に難くない。だが、それよりも気懸りなのは、近代日本文学の異端に属する埴谷自身が、若き江藤との蜜月を利用して、消しがたい「死への情熱」によって、不可避的に「負の文体」を共有する志賀・小林という文学的正系の上位に自らを位置づけるための「操作」＝働きかけを、行いはしなかったかという点である。

もとより埴谷雄高は、戦前の政治体験によって、いくつかの「死の影」を通過した文学者である。とりわけ小林多喜二という、戦前のプロレタリア文学派のみならず、志賀・小林ら日本近代文学の正系にとってのアポリアでもあった「主」を、異端者埴谷はその政治経験の文学的昇華――「転向」の形而上学的な超克によって乗り越え、戦後的な「主」の位置を確保し得たとも言えるのだ。

それは小林多喜二の「死の影」を背負いつつ、戦後的な言説をリードしてきたはずの『近代文学』派内にあっても、特異な〝宙返り〟であり、埴谷を特異な存在にした秘密だった。それほどに『死霊』の作者の政治体験は、その獄中体験の神話化（カントの『純粋理性批判』による「転向」の合理化）も含め、特権化されていたのである。そのことは、中野重治や蔵原惟人へのコンプレックスに凝り固まった平野謙との対比で、より明らかになるであろう。『近代文学』派にあって、小林秀雄を含めた左右の文学上の〝兄〟たちに対してのコンプレックスが、最も軽度なのが埴谷雄高であったのだ。「死の恐怖」の克服を、未曾有の〝難解〟な文体によって形而上学的に誇示し得たことによって、その神話は固定化される。

彼の背負っていた「負の文体」が、志賀・小林とは根本的に位相を異にする、特殊政治的なものであったことは誤解の余地がない。埴谷雄高はその文学史上の孤立を、結果的に江藤淳にもっとも高く売りつけることに成功したとも言えよう。後年、そのことに気づき憤慨した江藤は、「操作」というある種強烈な言葉を使って、埴谷に一矢を報いようとしたのではないか。それとは別に、江藤淳による〝叔父〟たちの世代の文学者にまとわりつく、「死の影」の重みの計測に狂いのなかったことは、ここで改めて特筆すべき何事かであった。

『作家は行動する』の前年に発表された「神話の克服」で彼は、「昭和八年」（一九三三）に獄死した小林多喜二によって引き起こされた時代の転回を、厳密この上ない批評の言葉で語っている。江藤によれば、明治維新以降、「小林多喜二の獄死と、蔵原惟人の文学理論の挫折」に象徴されるこの年を境に、近代文学は「文化」的な次元から「神話」的な次元に移行するのである。

昭和初期のマルクス主義文学運動は、だから「近代主義」の最後の光芒であって、その後の「日本ロマン派」の登場の意味は、「転向」文学の一変種という以上のものがあった。さらに原始的なエネルギー（=「神話」）をしたがえたロマンティシズムと、近代「文学」との最後の葛藤は、名高い「近代の超克」座談会（『文學界』一九四二年九、十月号）をもって終了し、以後戦後の今日に至るまで、このとき勝利した「神話」は、まだ一度も日本人によって敗北させられてはいないというのが、ここでの江藤の主張のあらましであった。

もとより「神話」の最終的な解体のためには、「昭和八年」に立ち返っての「死の影」の超克、「死の恐怖」の克服ということが、そのための前提作業となろう。埴谷雄高の『死霊』の形而上学が、このアポリアを最終的に止揚するための、最強のイデオロギー装置として機能したことは意味深長であるが、同時にまたこの作品が、「昭和八年」問題を巧みに隠蔽する、戦後の「転向小説」であったことを忘れるべきではない。

こうしてとりあえず、「転向」概念の戦後的最大値を確保した埴谷は、さらにその「近代」的価値を占有するために、日本近代文学の正系志賀・小林を、最終的に止揚する必要に迫られていたのだった。ここで埴谷・江藤が〝戦後文学の覇権〟をめぐる共通の台座に立っていたことは、確からしく思われる。すでに江藤は、志賀直哉に代表される「白樺派」を否定的媒介として、日本近代文学史における夏目漱石の正統なる位置を定めたのだし、周到にもその際、小宮豊隆によって完成された、「則天去私」神話を解体に追い込んでいたのだ。

さらに、漱石を切り札とする戦後批評の文壇的覇権獲得のための次なる目標が、漱石を無視した大批評家・小林秀雄からの王位の簒奪にあったことは疑いない。

もっとも、『作家は行動する』の段階での江藤淳による〝小林秀雄殺し〟は、なお素案の段階にとどまっており、そのラフスケッチの一つとして、志賀・小林を「負の文体」という規定によって、その文学的正統性を根底から覆すという構想が浮上してきたのではなかっただろうか。文学的異端の戦後における剰余価値に賭けていた埴谷雄高にとって、文壇の本流に棹さすこの若き俊英による、右のごとき本質的〝剰余労働〟ほど、好都合なものはなかったはずである。

ともかく志賀・小林と埴谷の「負の文体」の連続と不連続に、一挙に脈絡をつけたものこそ、漱石神話の破壊に次いで『作家は行動する』の江藤淳が行った、志賀・小林神話の破壊という前提作業だったことを記憶にとどめておこう。だがそれにしても、「負の文体」とは具体的にどのような文体に冠せられた名辞だったのか。

2 「作家は行動する」

とりあえずここで確認しておかなければならないのは、アリストテレスからサルトルまでの、古今の言語哲学を批判的に参照しつつ展開される、この斬新な文体論の試みが、五〇年代末という時代的制約から、ソシュールやバルトへの言及はないものの、驚くほど〝進歩的〟な批評言語に彩られたものであったことだ。

まず『作家は行動する』で徹底的に排除されているのは、「実体」という概念であり、対照的に最大限に重要視されているのが、「過程」という概念である。「関係」という概念には、意外にも無頓着ではあるが、時枝誠記の「言語過程説」が、有力な言語理論として浸透しつつあったこの時代に、この概念への着目は、それ自体進歩的な身振りであったことを想起しよう。

志賀・小林の文学を、「負の文体」の名の下に鄭重に葬る前に江藤が行ったのは、私小説の感覚的、静的な文体が、いかに「行動の放棄」、「自己解消の欲求」の上に成立するかの証明であった。端的にそれは、言葉を「非存在」（=「記号」）ではなく、実体として把握するところからもたらされる。江藤はその「現実密着的リアリズム」を、真っ向から否定するのである。私小説の文体が、江藤にとって不毛なのは、それが他者という実践的契機を欠いた非「行動」の産物だったからだ。「私小説が人生論をふくんでいても倫理をふくんでいない」とはそのことで、その背後には、日本の近代文学全体を被う、状況埋没的、消極的ニヒリズムが瀰漫する精神風土がある。そこでは社会的現実が可変ではなく、非歴史的「自然」と等価なものと見なされる。その無力感が、無限の「無」の中に呑みこまれようとするマゾヒスティックな欲求に発展するのだし、「私小説」の背後には、常にそのようなネガティブな衝動が隠されているというのだ。この近代日本の精神史を射程に入れた「私小説」の文体批判は、志賀・小林の「負の文体」批判の前段として、最上の効果をもっていた。

江藤淳にとって、「負の文体」の対極にあるものとは、読者がその文体に参加し、作家とともに未知なる「開放された現実」を、体験させるものでなければならない。文体は、作家が「主体化した現実」の、行動の軌跡そのものでなければならないのだ。この書物の主調低音でもある「文体」が、即「行動」であるとはこの謂いで、真に「行動」しない日本の私小説作家の文体は、だから事実上死んでいるということになる。

ドストエフスキイのなかに、シェイクスピアのなかに、メルヴィルのなかに、スタンダールやフォークナーのなかに発見される「開放された現実」を、だから日本の作家たちはなかなか開示してはくれない。辛うじて『明暗』の夏目漱石に、そうした主体的な時間、開放されかけている現実が捉えられているにすぎない。

この長編小説の未完性は、だから「文体を実体としてではなく行動の過程としてとらえ」る者にとっては、テキストの可能性に向けて開かれているとさえ言えるのであって、逆に文体を実体としてのみ捉えようとする平野謙のような批評家は、現にあるテキストの未完成に拘束され、想像力を拒否する方向に向かわざるを得ない。このように江藤淳は颯爽と、先鋭的テキスト主義者のように語り続ける。

ところで彼は、志賀の「負の文体」の負性を、右のような私小説作家のそれと同一視していたわけではなかった。ましてや小林を、平野謙と同レベルに評価したわけでもなかったのである。

例えば「確実なものは２＋２＝４で、あとのいっさいは「文体」の問題にすぎない」（「Ｘへの手紙」）と語った小林について、江藤は平野批判の時の冷静さをかなぐり捨て、まさに全身でこの巨木に挑みかかる。右の名高い文句を、彼は「非行動（停滞）的ニヒリズムの精神を凝縮した卓抜な警句」とし、この小林の投げかけた「呪詞」の「停滞」を、あくまでも「行動」によって、批評的に解体しようとするのである。そしてこの文句に象徴される「抽象の美しさ」のみを語る限りにおいて、小林の眼に映じているのは機能的な記号の働きから最も遠い「神秘的な寓意にみちた象形文字」であると語りながら、いよいよ彼は「負の文体」の対極にあるものを指し示そうとする。

小林が、２＋２＝４以外のいっさいの思想が「文体の問題にすぎない」と断定したとき、はからずも彼は不可知論者としての、自身と言葉との本質的な関係を暴露したことになる。そしてこの「すぎない」にこめられたニュアンスから、江藤は「非行動派ニヒリストの論理」を透視するのである。蟻地獄のようなすり鉢の底に盤踞して、沈黙がちに言葉を食い殺しながら生き延びる批評家。したがって小林と思想との関係は、どこまでもスタティックであり、彼は思想の動態的な生成過程を、「文体に参加する」ことで生きるのではなく、参加を峻烈に拒否することで閉じてしまっているのだと。

このように解釈された小林の批評原理を、一九五〇年代末の江藤淳がどうしても受け入れられないのは、行動する作家の目的が、言葉の「わな」から逃れ、主体的な時間を奪還し、「開放された現実」を読者とともに共有することにあったからだ。『作家は行動する』の第一章「言語と文体」で彼は、次のように述べていたはずだ。

> 文体は、フィクションのなかにとりこめられ、「わな」の網の目をはいまわっているアリのような存在から、真の自由に到達しようとする、人間になるための倫理的な行動の軌跡である。

この「わな」の特性は、多面的、立体的な構造をもった現実を、ひとつの「平面」と錯覚させるところにあり、主体的な時間のなかで行動する以前の作家は、ことごとくこの「わな」に落ち込んでいる状態なのだ。「うたがいもなく私は現実のなかにいるが、自分のいま、ここの具体的な存在の構造をみることができない」（傍点江藤。以下同）。あるいは見えたとしても、文字通りそれは現実の立体的な構造を、平面に還元した上での錯視ということになるであろう。

では、どうすればよいのか。江藤淳にとって「文体」が問題になるのは、この「わな」から抜け出し、「主体化された現実」を奪還するための、不可欠な行動の論理としてなのだ。あえてそれは、

「男性的論理」と名付けられるべきものであって、動態的な文体への参加を拒否する、小林流の「女性的な論理」とは、峻別されなければならない、と江藤は雄々しく語る。

　続いて彼は、真の「文体」を身近な対象から見つけあぐねた末、芥川龍之介を不意に召喚するであろう。だが、『或る阿呆の一生』の彼は、「わな」から脱出する糸口をつかみかけただけで、なお「主体的な行動」の手前にあることに変わりはない。眼前の架空線が紫色の火花を発しているとき、それを「命と取り換へてもつかまへたかつた」などと、のんびり語っているだけではすまされない。開放された現実を手に入れるための行動を、躊躇していてはならず、より積極的に組織すること。「火花はみているものでもなければ、つかまえられるものでもない。自ら発するものである。それはわれわれの外にはなく、うちにある」のだと、江藤は語るであろう。

「思想」も同じである。本来それは骨董や風景のように、何らかの実体として鑑賞すべきものではない。人間の行為、言い換えるなら主体的な行動によって、その過程に参加することで確実なものとなるのだ。この時はじめて「わな」は、われわれの行動の「軌跡」に転換され得る。そして、開放された現実のなかに躍り出ることができるのである。だが、と江藤はまた小林について語り始める。

　だが、もしその「思想」が、われわれの主体的な時間の持続を遮断し――ときには否定し――したがって時間化された現実をあたえないようなものであれば、われわれはこのような自由を体験することはできない。そうであるからには、そのような思想は一切まやかしである。なぜなら、動的な、脈動し生成するあの現実をとらえられない思想はまやかしにすぎないから。たとえば、小林秀雄氏はさながらツエノンの逆理に似た巧妙な論理——しかしはなはだしい錯覚の犠牲者であるかにみえる。時間を無限に分割できる連続体——等速度で流れている客体ととらえるかぎり、アキレスは永遠にカメノコを追いぬくことはできない。しかし実際にはアキレスはひとまたぎにカメノコを追いぬいてしまう。なぜなら、アキレスは自ら時間をつくりつつあるものであり、その時間は非連続な、恣意的に遮断することを許さない持続体——統一されたものだからである。小林氏がすべての「思想」に「文体」をみたとき、氏は同時に論理的にはすべての「文体」をも否定したのであった。なぜなら、氏はそうすることによって行動を否定したのに、いっさいの「文体」は「行動の軌跡」でしかないから。こうして、小林氏にあっては、時間は停滞し、凝縮され、やせほそっていかなければならない。それは持続の否定の上に立った時間であって、当然ここからは「歴史」の概念はでてこない。「歴史」は「自然」の非歴史性にくらべればなにものでもないと氏はいう。しかし、たとえばヘブライ人たちは、「自然」の不動をではなく、動を信じ、そのような視点によってあの動的な現実をとらえたのである。

一九六〇年を跨ぎ越した後、江藤淳は二度と再びこうした〝進歩的〟な文学思想を開示したことはなかった。それは記憶されてよい事実である。右の一節で言及されている「ツエノンの逆理」とは、言うまでもなく、古代ギリシアのエレア学派の哲学者ツエノン（ゼノン）が、パルメニダスの「一にして不動の存在」を弁護するために、「多と運動」を否定した逆説である。「アキレスは先行するカメに追いつけない」、「飛んでいる矢は静止している」などがそれだが、江藤はその静態的な時間の論理を、「負の文体」の持ち主である小林秀雄に当てはめたのである。行動の軌跡である「文体」は、もとより「多と運動」の持続を最大限に許容し、開放するものでなければならなかった。

ただし、この打倒小林のための〝理論武装〟には、どことなく埴谷雄高の「激励と有益な示唆」のあとが、感じられなくもない。それというのも、ここでかなり強引に導入されるゼノンの逆説は、まさに埴谷お得意の論法でもあって、例えば彼の代表的なエッセイの一つである「存在と非在ののっぺらぼう」(『埴谷雄高全集第4巻』)でも、ゼノンの「運動の不可能についての三つの論証」について、埴谷一流の長広舌がふるわれているからである。(3)

「負の文体」という概念の輪郭を、また別の角度から照らし出しておこう。蟻地獄のようにすり鉢の底にいて、思想を食い殺し、停滞した現実以外のものを信じようとしない小林の文体は、「ことばの「わな」にかけられることを拒否することによって、ものたちの「わな」にかけられることをえらんだ「文体」」だということになる。非行動的ニヒリズムの行き着く先は、信の対象として「停滞した現実」以外の全てを排除し、さらに次の段階では「もの」以外のいっさいに信を置かないことを、批評上の唯一の原則とすることである。「思想をコットウや風景のように鑑賞するほど不潔な行為はない」と、唾棄するように江藤が語るとき、彼は小林の批評が扱う「宿命」、「天才」、「精神」といった強力な概念の「不潔」さをも同時に告発していたのである。

では、そうした「負の文体」を「不潔」と感じ、「近代の日本文学においては「最高の批評」が批評を殺りくし、「最高の小説」が小説を絞殺している」とまで言い放った若き江藤の、「文体」概念のポジティブな立脚点は、奈辺にあったのであろうか。

ここで私たちは、『作家は行動する』の直後に発表された江藤の重要なエッセイ「日本の詩はどこにあるか」(『短歌研究』五八年四月号)について、若干の註釈を加えながら補足的に考察を進めていこう。江藤淳にとっての本格的な言語論、文体論の試みであった『作家は行動する』という書物が、徹底して近現代日本の「散文」を素材にした論考でありながら、一面彼の構築した独自の「詩学」からの透視図でもあったことを確認するために。

問題とすべきはまず、日本の社会に、「散文」の論理を定着させるだけの伝統的基盤が整っているのか否かの前提である。否われわれの社会にあっては、「伝統」と「近代」とが、二項対立的に存在するのではなく、それらが新旧入り乱れて雑然と混在しているにすぎないと江藤は語る。

こうした日本社会の特徴を、彼は「詩的社会」という言葉で言い表していた。散文的論理が確立し、それと対比的に詩が凝縮していく「散文的社会」ではなく、つねに詩的要素の拡散する社会。「伝統」と「近代」の距離が絶えず溶解し、それらが骨絡みに癒着する厄介な状況を、今日風に言い直すと、ポスト・モダンの一語に突き当たらざるをえない。「近代の超克」という戦中・戦前いらいの難題も、こうした問題と無縁ではないのだ。

江藤がここで試みている難題へのアプローチとは、いわば「詩学」なき漠然とした「詩的社会」に、とりあえず散文の論理を導入しようとしたことであった。『作家は行動する』における彼の「文体」概念は、そこで秘かに「詩学」の代理物としての意味をも担うことになったのだ。翻って、小林の批評言語を特徴づける「負の文体」に江藤が見ようとしたものは、「詩学」なき「詩的社会」の痩せこけた散文、論理的「形式」なき散文の形骸だったのではないか。では小林の強力な批評言語は、この特殊な「詩的社会」の、どのような基盤の上に立って〝有効に〟機能しつつあったのか。『作家は行動する』で陶淵明の「帰去来」の詩を引いた後で、江藤が近代日本（人）にとっての「土地」、「故郷」、「農民の血」の問題を喚起しつつ、改めて小林秀雄問題に立ち返ってくる展開は、その意味でも示唆深い。大方の読者には、意想外の成り行きでもあろうが、何と江藤は小林の論理――「負の文体」が他でもないこの「土地」の方に、読者を向き直らせようとする論理であると言うのである。保田與重郎ではなく、小林秀雄がである。

そこに彼の文体の異常な説得力の魅力がある。なぜなら、それは紡績女工から大学教授にいたるあらゆる「農民」出身の近代人の精神の構造に、ぴったりと整合した文体だからである。「思想」をすてて、「土地」にかえれという思想が、小林氏の思想である。

何やらこれは、丸山真男（『日本の思想』）がかった物言いであり文体である。と言うよりも、限りなく丸山学派的に進歩的な発想である。この延長で江藤は、小林の「負の文体」を「地方的なニヒリズムの文体」と言い換えるであろう。ここでもまた彼は、他者性の欠如のマイナス面を強調しようとしていたのである。不当なまでに小林を責め立てる、若き江藤淳の「声」は、日本的な「詩的社会」の破壊に向けて病的なほど健康に鳴り響く。

　小林氏が「芸術家」の宿命とみ、ほこりと信じたのは、実はこのような二重の「わな」にかけられることであった。当然の帰結として、このような「芸術家」の視界からは他者の存在は消え、したがって社会も生活も消える。そうである以上、他者に対する責任の体系などはここから生れるわけがない。そのかわりにあらわれるのがものへの憧憬と、孤絶した、不毛なあの「人生」であって、個々のものにふれながら永遠にかわらぬ「人生」を行くもの、もののなかに没入しながら、恣意的な価値をもてあそぶもの、それがこの場合の「芸術家」の姿である。しかし、いったいこのような「芸術家」とはなにものというべきか？　彼は決して価値をつくりだそうとはせず、価値をあたえようとすらしないのである。このような人間——たとえば小林秀雄氏を「芸術家」と呼ぶとしたら、それは論理的な矛盾を許容することになる。彼はむしろ鑑賞家であり、ディレッタントにすぎない。彼はまた決して批評家ではない。なぜなら批評家は価値をあたえるものであるが、小林氏はモツァルト、ゴッホ、ドストエフスキーといったすでに価値をあたえられた「天才」たちをいじりまわすだけであるから。ごく通俗的にはこのような人物を俗物と呼び、事大主義者と呼ぶ。価値をあたえるかわりにものをいじることを批評というのが今日の流行であるが、それはまったく唾棄すべき「流行思想」であって、「近代の迷妄」にすぎないのである。

後にも先にも、左翼イデオロギーによる党派的な批判を別にすれば、これほど苛烈な小林批判は、絶無と言ってよいであろう。有り体に言うとこれは、批評的に白昼堂々と行われた〝小林秀雄殺し〟であって、二年後の「私は小林秀雄氏に対して不公正な態度をとっているのではないかという疑いに、突然とりつかれた」(『小林秀雄』「あとがき」)という言葉が、どこか白々しく感じられるほどである。それにしても何故に「突然」だったのか。

ここでも私たちは、埴谷雄高の「操作」(＝小林殺しの教唆)といったものでも想定しない限り、この態度変更の不可解さを、うまく説明することができないのである。六〇年安保を重大な転機とする江藤の政治的な意味での態度変更が、埴谷雄高からの離脱と裏腹な小林秀雄への回帰を加速させた、といったこともあったのかもしれない。だが江藤側からしてみるなら、埴谷の「操作」が「私(江藤)自身を目的として」ではなく、「自己(埴谷)の目的のために」なされたことに思い至り、訣別を決意したことが重要だったのだ。彼が『小林秀雄』によって近代文学の異端と袂を分かち、批評的な回心(4)を経て改めてその正統との連続性の意識に立ち戻ったと考えるのは、決して無理な推測ではあるまい。

埴谷の自己目的に関しては、『近代文学』派と志賀・小林の因果な関係を考慮に入れる必要があるかもしれない。ここでは、事実関係を指摘するだけにとどめるが、埴谷のルーツが志賀直哉の血統と繋がっていること、また平野謙が小林秀雄と縁戚関係にあったのは、文壇周知の事実である。七人の『近代文学』同人で、志賀・小林双方へのコンプレックスを最もストレートに表現したのは、埴谷でも平野でもなく本多秋五であった（『転向文学論』、『白樺派の文学』、『志賀直哉』）が、戦後批評をリードしたこのグループは、総体として見れば、「白樺派」からプロレタリア文学への屈折によって、致命的な劣等意識を植え付けられた近代日本文学の傍流、しかも志賀・小林との血の連続を保つ〝非嫡出〟の異端児たちだったのである。

このコンプレックスを、自覚的に「異端」の形而上学に結晶させたのが埴谷雄高であって、彼が血気盛んな若き江藤を、戦後派の最前衛として「感奮興起」させ、一挙にアンチ志賀・小林的なヘゲモニーの確立を目指したという推理は、だから必ずしも荒唐無稽とは言えない。

さらにここで、『作家は行動する』の成立過程にかかわる、もう一つの媒介項を導くためにある人物を召喚することにしたい。それは、「埴谷家の舞踏会」のメンバーでもあった竹内好という中国文学者である。

江藤は小林・志賀の文体的な連続性とは別に、『小林秀雄』において、「確実なものは2＋2＝4

で、あとのいっさいは「文体」の問題」と言い放ったこの稀代の批評家を、「白樺派」の「息子」になぞらえていた。「様々なる意匠」以前の小林が、志賀直系の小説家の卵であった事実はよく知られているが、ではその「親」に当たる志賀直哉が、プロレタリア文学とのある種の連続性を保っていたとするなら、どうであろうか。当然にも、近代文学に対する「死」を所有する「他者」(異端的超越者)という埴谷雄高の位置取りの意味は、さらに神話的な膨らみをますはずではないか。

すでに私たちは江藤淳が、「神話の超克」で昭和初期のマルクス主義文学運動を、「近代主義」の最後の光芒と規定していたことを知っている。そして日本におけるそれ以前の、「近代主義」を体現したグループとは、「白樺派」以外にはあり得ないのだ。彼らはこの国に開花した、最初の近代ブルジョア文学運動の担い手たちであった。因みに平野謙の『昭和文学史』によると、その志賀直哉と近代プロレタリアートの批評的結合を試みたのが、井上良雄という戦前の評論家である。そこまで行かずとも、小林多喜二の死から、「日本ロマン派」の勃興、「近代の超克」座談会による「近代主義」の最終的敗北に至る精神史の流れを、五〇年代の江藤は戦後文学左派の位置取りで眺めていたことになるのだ。

ところで、先に竹内好の名を上げたのは、「埴谷家の舞踏会」で彼と知り合ったはずの江藤が、戦前のプロレタリア文学が、「白樺派」の延長から出てきたものであるという、竹内の画期的な解釈(「近代主義と民族の問題」『文学』五一年九月号)の影響を受けた可能性を考えてのことである。両者を直接繋げるものが「近代主義」であり、また対極的な意味での「階級」であったが、抑圧された「民族」が念頭になかった点では共通していたと、ここで竹内は述べていたのだ。埴谷雄高との吉祥寺時代の〝共闘〟によって、江藤淳が「近代主義」を否定的媒介に、志賀・小林を繫ぐ「負の文体」の批評的射程を、最大限このプロレタリア文学と「白樺派」の連続性というところまで広げていたと解釈するのが、『作家は行動する』という書物の今日的な可能性ではなかろうか。

では「負の文体」を超克すべく、有為の作家が近代日本文学の新たなる地平を切り開くために、通過しなければならない具体的なハードルとは、果たして何だったのか。サルトルの理論を批判的に吸収し尽くした江藤が、「想像力」という答えを用意していたのは、至極まっとうな成り行きであったろう。

「イメイジをつくりだすことなしには、作家は決して主体化（時間化）された現実をとらえることはできないといってもよい」――と彼は語る。無論五〇年代の江藤は、イメイジが作家にとっての、否、言葉自体にとってのもう一つの「わな」であることには、思いも至らない。その意味でこの時点での彼は、まだ充分に幸福なサルトリアンだったのだ。

とは言え「文体」に続いて「想像力」を、「あらゆる人間にとってのきわめて実際的な問題」にまで引き下ろして語る江藤の実践的な批評精神は貴重であり、今日においてもこの書物が、惨めに古びた印象をあたえない要因になっている。問題は彼が、想像力を「現実の行動の断念」、「挫折」の上に成り立つとしながら、なお一方に「完全な自由」を、実現を延期されている世界のヴィジョンを、無傷のままに温存したことであろう。何故江藤はここまでナイーヴに小説による「完全な自由」の論理を、夢想し得たのであろうか。その答えは、実践編とも言うべき次章の「小説の文体」にある。

3 坂口安吾の発見

日本的「負の文体」を全面的に否定する江藤淳が、志賀直哉や小林秀雄には求められない、ある普遍性をもった文体を模索していたことは事実であろう。そのために彼は「静的な自己主張」に対する「個性の否定」を、真の自我確立のための「自己否定」を強調しなければならない。

「個性」の否定によって現実に到達しようとする作家たちは、自己否定を完結し「自我」を一点にまで縮小することに成功しえたとき、逆にはじめて真の主体性――個性を「確立」する。

何とこの主張は、日本における私小説的な、あるいは小ブルジョア的な「自我」や「個性」に対して、インパーソナリティを、文学・芸術（運動）の普遍性の試金石とした、コミュニスト花田清輝の五〇年代の発想に近いことだろう。

では若き江藤淳と、この老獪なアヴァンギャルド(5)を、この時点で分かつものは何だったのか。やはりそれは、批評的な「健康さ《サニティ》」の一語に集約されるであろう。例えば江藤は、志賀・小林に引き続き折口信夫の『死者の書』の文体を、「夢遊病者の文体」でありまたその行動が、「憑依された呪術者の行動」であると容赦なく切り捨てる。作家に基本的な条件とも言われるその「健康さ《サニティ》」とは、実は江藤にとっては「夢遊病」や「憑依」に対する、「覚醒」の謂いだったのである。

こうしてみると、彼の「完全な自由」への希求が、単なるロマンティックな夢想などではなく、健全な「実行家の倫理」に結びついた、作品への具体的要求としてあったことが分かる。もっともそのように明解に語る江藤が、「夢遊病者」の夢のような語りに惹きつけられなかったかと言えば、そうではあるまい。折口の『死者の書』は、醒めた「健全さ《サニティ》」を、作家に必須の倫理とする江藤の、抑圧されたもう一つの「夢」のネガでもあっただろう。あえてそれを、責任の主体を欠いた「不健全な小説」と呼ばなければならなかったところに、「実現を延期された行動」の「自由」を、夢想するのでなく、「いま、ここ」（このテキストの前半部のキーワードの一つだ！）の夢のポジとして、作品内部でおいて時間化（＝主体化）することを強く求めた江藤淳の、屈折した批評的「倫理」を垣間見ることができよう。

ともかく、小説という近代に特有のメディアは、「自己を絶対化するための媒体」などではない。この断言には、夏目漱石という難関を越えて、ポスト小林秀雄の批評的地平に単独で身を晒しつつあった二十代半ばの江藤の、自負が込められていたのである。だがここから彼は、実際に「負の文体」の限界を幾分なりとも突破する行動的散文の具体例を、明示する段階に踏み込まねばならなかった。坂口安吾という、小林的知性の圏外にあったユニークな文章家が呼び寄せられるのは、ここにおいてである。

坂口安吾の文体が美しいのは、そこに充実した主体的な行動の持続があるからであって、しかもそれが最終的には「肯定」しようとする意志にうらづけられているからである。いうまでもなく、彼はこの批評（註、『日本文化私観』）のなかで審美主義的教養派を徹底的に否定しさっている。が、しかし、この行動家はそのことによって現に行動し、生活している日本の民衆たちの巨大なエネルギーを「肯定」しようとしたのであった。

この一節を読むだけでも、「戦後」を超えた「現代」に安吾を甦らせた最初の批評家が、柄谷行人ではなく江藤淳その人だったことが了解できよう。ただし、絶えざる「現在」の自己否定とともにある「行動」が、その否定運動を完結したときに、はじめてもっと大きな「肯定」にたどりつき、それが「現実にふれる」ことの本質的な意味だとするなら、坂口安吾やこの直後に言及される石川淳といった、文学史上「無頼派」と分類される作家たちの散文の可能性を肯定的に評価するだけではすまされるはずはない。こうして『作家は行動する』は、（Ⅱ）で仕切直しをし、「新しい作家の文体」を、同時代の息吹を伝えながらたどることになるのである。

そこではまず、大江健三郎の『芽むしり仔撃ち』(6)の一節が、「われわれが求めてきた「文体」が確立されはじめていることを示すひとつの例」として引用されるだろう。もっとも江藤はここで、大江作品の総体を全面的に肯定しているわけではなく、「作家の主体的な行動への意志」が一貫していると認めているわけでもない。むしろこの文体論で、江藤の批評家としての早熟を裏付けるのは、他の初期大江作品から、ネガティブな要素を慎重に選り分けるその緻密さなのである。例えば江藤の慧眼は、大江の文体がある場合には、生活や他者との交渉を排除した孤独な「オナニストの文体」に落ち込んでいるのを見逃しはしなかった。

あるいは『鳩』に表れた、「実体化したイメイジを熱心にいじくりまわしている虚弱児童」を、この作家に重ね合わせて見る江藤は、必ずしも大江の最良のサポーターなどではなく、だからこそ次のような辛辣な言葉さえ口をついて出るのである。

彼の世界は、この場合、薔薇や小動物がいくつか浮遊するロマンティックな沼地であって、その感触は、しめった、甘ずっぱく自己充足的な子供の病床の感触を思わせる。「時間」は停止し、作家は主体的な行動のかわりに個人的な夢想にふけりはじめる。

何とこれは、四歳で母親を失った孤独な少年の、暗い納戸での停止した時間の記憶に酷似していることであろう。その投影された自身の記憶を振り払うかのように江藤は、次にもう一人の同時代作家・石原慎太郎の「純粋行為」と、そのアクチュアリティについて論じ始めるだろう。確かに彼には、大江にとってのような「停滞」の安息所はないかも知れない。

しかし、石原氏のいわゆる「純粋行為」といえども、実は本質的には「非文体」的なものだといわなければならない。ボクシングの試合であろうが女との肉体的な交渉であろうが、実際上の行為があってそれを記述しているところからは「文体」は生れないのである。実際上の行為はすでにのべたようにかならず遮断される。したがって実際上の行為によりかかっている文体は結局主体的な持続をもつことができない。

つまり江藤は、石原的な反オナニストの文体にもかなり懐疑的なのである。(7) それはむしろ当然であって、「最高の批評」(小林秀雄)が批評を殺戮し、「最高の小説」(志賀直哉)が小説を絞殺していると語った彼が、手放しに大江、石原を安易に肯定したのでは、それこそ批評的公正さを欠くというものであろう。ならば、三島由紀夫の文体は、どうなのであろうか。

最初に断っておかなければならないのは、作品評価から最期の行動に至るまで、江藤が一貫して三島由紀夫にとっての、最も辛辣な「他者」であり続けたことである。端的に「ナルシシズムの文体」とここで批判される、その一見華麗な文体に、江藤はやはり散文性の欠如を透視していた。古典主義の装いのもとに、私小説的「非文体」を超克したかに見える三島の「文体」は、だが「行動の軌跡」を映すものなどではなく、死の衝動とは区別されたロマンティックな「滅亡への意志」に支えられた空虚な何ものかでしかない。

それがナルシシズムと呼ばれる所以は、三島にあっての言葉が、「彼のみを映す鏡」でしかなく、その小説から、われわれに語りかけてくる「小さな、個人的な声」が聞こえてくることがないからである。「恣意的な死語や形骸との遊戯」から生じる、その金属的な感触の文体も、江藤には絢爛豪華というより、ただただ不健康なものとしか映らない。代表作『金閣寺』を、江藤は「ことばの鏡に映った私小説」という、逆説的な表現で捉えている。

それから約二十年後の三島の割腹自殺に関しても、江藤淳は伝統の回復を焦ったとする極めて冷淡な反応しか示さなかったのである。小林秀雄との対談「『本居宣長』をめぐって」（『新潮』七七年十二月号）では、その冷淡な突き放しぶりをたしなめられているほどである。自筆年譜によると、その一九七〇年の十一月、江藤はソビエト作家同盟の招きで藤枝静男、城山三郎とともにモスクワを訪れており、帰国直後にこの事件を受け止めていた。

もっとも二人は、ただ不幸なすれ違いをしたわけではなかった。『作家は行動する』でのように、文体論から三島に迫ったのが邪道ではなかったかと思わせるほどの窮極の三島論を、別に江藤はものしているからである。それは、三島にとっての記念碑的とも言うべき失敗作『鏡子の家』をめぐってのものであった。その経緯を一瞥しておこう。

三島はこの作品の「広告リーフレット」で、「『鏡子の家』の主人公は、人物ではなく、一つの時代である。この小説は、いはゆる戦後文学ではなく、「戦後は終つた」と信じた時代の、感情と心理の典型的な例を書かうとしたのである」とし、また『裸体と衣裳』では、「いはば私の「ニヒリズム研究」だ」とも述べていたのである。因みにこの小説の刊行は、『作家は行動する』と同じ一九五九年だった。

鏡子の家に集まる四人の青年たちを通してのニヒリズム、ナルシシズム、シニシズム、ミスティシズム、ストイシズムといった様々な表層的意匠の三島による描出——確かにそれは、六〇年安保を目前にした政治の季節にあって、いかにもこの作家風に作為された、反戦後的な小説には不可欠な条件だったろう。ただしこの問題作が、当時の文壇で、概ね失敗作の評価を受けねばならなかった理由も、またそこにあったのである。大方の批評家は、ここで三島が時代の典型を、いかにも表層的な紋切り型としてしか描かなかったことを以て、失敗作の烙印を押したのである。

だが三島の意図は、むしろ人物を徹底して表層的に描き出すことで、現代における、とりわけ戦後日本という条件の下でのニヒリズムの本質的不可能性、その拡散の不可避性を印象づけることにあったのではないか。そのように描く方が、「戦後は終つた」というポスト・ヒストリカルな時代意識の典型たちの敗北を、より効果的に前景化し得るからである。

鏡子の家に集い、彼女のニュートラルな内面の「鏡」に媒介された男たちは、ことさら希薄な存在感を、この鏡に乱反射させながら、現代におけるニヒリズムの不可能性と、それ故にこそ表層にまとわねばならないニヒリズムの意匠の不可避性を、シニカルに表現していたのだ。

同じ年に著した文体論で「作家は現実の行動の断念において（あるいは行動を断念させられるような状況のなかにおいて）行動する」という、含蓄のある言葉を発した江藤淳が、『金閣寺』以上にこの『鏡子の家』に注目したのは、当然であった。そして「戦後と私」に語られた通り、江藤淳もまた「戦後は終つた」ことを十二分に勘定に入れて、しかもその屈辱から出発した批評家だったのである。

日本的私小説のあらゆる要素を見事に反転させた『金閣寺』が、その「反世界」、「ことばの鏡に映った私小説」(江藤)だったとするなら、『鏡子の家』はさらに貪欲に、「彼のみを映す鏡」が、同時に彼(三島)の分身である時代の典型たちを映す鏡であることをも希求した作品だった。その巫女的な媒介者とも言うべき鏡子に最も相応しいのは、「あの無秩序な焼け跡の時代」であり、「お先真暗な生命の輝き」なのだが、すでにしてそれは過去のものとなりつつあった。

鏡子が愛しているのは戦後の一時代の反映であり、千々に破れた鏡の破片のようなものをめいめいの裡に蔵している青年たちだったが、このごろ集まる連中には、ただ現在を物倦く生きている毎日があるだけであった。(『鏡子の家』)

このように、「戦後は終つた」ところから書き始められたこの作品は、もう一つの戦後の屈辱的な始まりを予感させる小説でもあった。「一つの時代が終わった」という鏡子の感慨は、飴のように伸びた「戦後」という時代の始まり、「世界崩壊」とも「自己破壊」とも「高尚な熱狂」とも「美しい腐敗」とも無縁な、隠微に引き延ばされた終わりなき戦後——おそらく昭和の終焉まで続いた――の開始を予告していたのである。「一つの時代」を主人公にして、すでに終わった輝ける戦後へのいち早い挽歌を歌い上げた三島が、この作品でもう一つの「戦後」の始まりを、果敢に拒否していたことは言うまでもない。

そして、こうした三島の危機的な歩みを、最も精確に理解した上で、この時代色をおびた作品の特異性に踏み込み得た批評家は、江藤淳ただ一人きりであったのだ。三島は『鏡子の家』に対する江藤の反応に、わざわざ私信で謝意を表してさえいる(8)。

ところで、三島が江藤宛の私信で言及している「集英社版文学全集」の「解説」とは、厳密には一九六二年(昭和三十七)三月発行の『新日本文学全集　第三十三巻　三島由紀夫集』の「解説」のことで、そこで江藤は、次のように述べている。

……作者にとっては「鏡子の家」全体が「鏡」にほかならないのである。三島氏は、この小説が出来上ったとき、自分は時代の壁画を描こうとしたのだ、というようなことを言った。真っ正直な批評家たちは、そんなものはどこにも描かれていないではないか、と不満げであったが、実は間違っていたのは作者ではなくて、彼らのほうであった。何故なら、三島氏は、「戦後」という「空白」の時代の壁画を試みようとしたのであり、何を映そうがそれ自体は恒に「空白」にとどまる、という娼婦的性格が「鏡」というものの本性だからである。つまり、このような仕掛けによって、作者は「戦後」という、「鏡」に映じた紺碧の夏空のようなうつろな時代の壁画を描くことに、見事に成功しているのである。

江藤が精確この上ない評価をこの作品に下せたのは、彼もまた「鏡」に映じた紺碧の夏空のようなうつろな時代の壁画を、内面に所有していたからに他なるまい。「戦後」という時代を呪い続けた三島由紀夫と江藤淳の資質は、ここで例外的に深く切り結んでいたのだった。

4 第一次戦後派への批判

三島を論じた「美的対象としての文体」に続き、『作家は行動する』は、章を改め「第一次戦後派の文体」分析に入る。大江・石原・開高（健）ら同世代の作家と伴走していたこの若き批評家が、三十代半ばの『成熟と喪失』で、小島信夫以下、第三の新人たちの代表作を、精神史ないしは社会工学的な観点を盛り込んで本格的に論じたのに先立ち、二十代半ばのこの時期に、本質的な戦後作家論を展開しているのは貴重である。

日本の無条件降伏を「謬説」と断じるのは、まだずっと先のことで、少なくとも六〇年代の半ばまで、江藤淳は「日本が連合国に対して無条件降伏したという大前提」（「安保闘争と知識人」）を、第一次戦後派と共有していたのである。「第一次戦後派の文体」は、今から顧みると実に印象的な次のような書き出しで始められる。

かつて、われわれを拘束してきたいっさいの形骸化したフィクション——社会秩序、美意識、言語上の規範などが、太平洋戦争後の数年間ほどその無効性を無残に露呈したことはなかった。つまり、それは、いっさいの既成秩序の崩壊と自然状態の復帰である。そこには「人生」をいれるにたる「世間」がすでになく、「美」をもるにたる「ことば」もありはしない。自らの「存在」が、ほとんど「自然」に似た、巨大な、しかも混沌とした「現実」と対峙している。このような状態のなかで、おのおの死者たちの重い記憶を背負って集ってきた作家たちが、「我在り」という文学にとってのもっとも本質的な問題と格闘しなければならなかったのは当然である。このことは、彼らの作品の世界をひろげ、彼らの多くを未完成な「大作家」にした。それと同時に、ここから日本の近代小説にかつてなかった重い、主体的な文体が生れた。

ここで述べられている「主体的な文体」が、あの志賀・小林に象徴される「負の文体」への対抗概念であることは疑いない。こう語る江藤が、およそ二十年後には、戦後派のその重い、「主体的な文体」の根底にあるものに、重大な疑問を投げかけるのである。戦後派の「我在り」の存在理由にまで遡る、その執拗極まりない追及の原点には、自身さえ共有した「無条件降伏」という「大前提」を覆し、日本の敗戦が紛れもない「有条件降伏」であったことを証し立てる『占領史録』の編纂に連らなる仕事があり、また「言論の自由」を謳歌する、あらゆる戦後的な言説を新たに拘束した、占領軍による言論統制の枠組みの徹底した洗い直しの作業が据えられていた。

この「閉ざされた言語空間」の内部で、いかに革命的言辞を連ねようとも、所詮それは戦後的な虚構に過ぎず、その言論の枠組みと拘束は、アメリカから与えられた現行憲法によって、今もなお続いているという主張は、だが思想的ベクトルこそ異れ、『作家は行動する』のほぼ同時期に書き継がれた一連の論攷（「生きている廃墟の影」、「奴隷の思想を排す」、「神話の克服」）と一脈通底する問題意識に裏付けられていたとも考えられる。一言で要約するとそれは、時代的なイロニーとレトリックからの開放という、江藤年来のテーマでもあったのだ。

ではその彼方に何があると言えば、あの「開放された現実」という見果てぬヴィジョンが、疑いなく江藤の内部には存在したのである。しかもそれは、精確には「彼方」ではなく「いま、ここ」に奪還されなくてはならない何物かだった。神話、イロニー、レトリックから開放されるとはまた、「リアル」の回復ということでもあって、一貫してそれが彼の批評的価値基準の中心をなすものなのである。

戦時期にはそれが「神話」によって抑圧されていたからこそ、彼は「太平洋戦争という非合理的な浪費の奇怪な雰囲気」（「神話の克服」）を否定的に語るのだし、「神話」の復活を警戒して、よりあからさまに「「神話」の呪縛の下で狂的な戦争に没入するという愚行」といった、後の江藤には考えられないような激越な表現さえ用いていたのであった。

文学の世界でこの「神話」を積極的に担った「日本ロマン派」（その大立て者が保田與重郎だが）

にも、江藤は極めて点が辛い。その呪縛が「戦争直後の短い一時期」を除き、この論文の発表された五〇年代末まで、日本の文学に影響を与え、日本人の行動をなお拘束し続けているという認識からである。同じく「神話の克服」で江藤は、こうしたロマンティシズムが、敗戦によって消滅したわけではなくむしろ顕在化しており、「敗戦直後のごく短い一時期」をのぞいて、「文学」は間断なく後退し、「神話」が間断なく前進し続けていることに、改めて強い懸念を表明しているのである。すなわちこの時点での江藤は、「逆コース」(戦後の民主化政策からの逆行、一九五一年の流行語)に警鐘をならす言論人の列にも連なっていたわけである。

さて勢い江藤は、この例外的な一時期に開花した「戦後文学」を、最大限に評価することになった。おそらくそれは、埴谷雄高の「操作」や蜜月の中の「感奮興起」といった行きがかりを超えた、五〇年代の江藤淳独自の批評的「進歩性」に根ざすものだったのではなかったか。

では右の一節にある「敗戦直後のごく短い一時期」とは、具体的にどの期間に限定されるのか。「近代散文の形成と挫折」(『文学』五八年七月号)という別の論文では、明快にそれが「昭和二十四、五年にいたる短い時期」であることが、明らかにされている。つまり、サンフランシスコ講和条約調印の前年まで、ということになる。江藤によるとそれは、明治初年から二十年代までの時期とともに、「近代日本で、散文的な表現の可能性が強くあらわれ、思想的な劇が活潑化し、しかも結局挫折しなければならなかった二つの時期にうちの一つ」なのである。

ここで言う「挫折」の意味は、純粋に散文の論理に還元できるものではなかったが、その可能性自体を限定し、拘束する枠組みについては、五〇年代の江藤は全く無頓着なのである。戦後派作家の挫折の原因は、ここではまだ状況の質の変化に求められていた。要するに彼らの小説を支えた「文体」には、戦後再び台頭してきた「神話」を、克服するほどの力はなかったのだという結論が、そこから導かれる。「神話の克服」では、武田泰淳、大岡昇平らの時代的限界が、次のように語られている。

しかし、これらの作家たちの個性的な活動は、やがて自己運動を開始し、空転しはじめる。そして彼らを助けて来た理論家たちの尖鋭な合理主義も、同様に空転しはじめる。要するに状況の質が変ったのであって、それはかつての政治的な散文的な状況ではなく、閉鎖的な、文学的な状況であり、ふたたびあの神話がすがたをあらわし、ロマンティシズムのメタフィジックが顕在化してくる。しかも、これらの近代主義者たちは、その存在にすら気づかずにいた「神話」にいつのまにか足をすくわれ、敗退もせず、戦うこともできずに、いつ、の、ま、に、か平和的共存をとげるということになる。

注目すべきはこの論攷で江藤が、第一次戦後派や『近代文学』派の理論家たちを、「近代主義者」と規定していたことである。しかも彼らは、戦前のマルクス主義者や、「近代の超克」座談会に参加した西欧的近代主義者のように、「敗北」を体験しているわけではない。そうした無傷で「健康」

な彼らにとって好都合な状況とは、「神話」がいま、ここの「現実」を食い破って顕在化する以前の、「あたえられた自由」のかげに身をひそめていた「戦争直後の短い一時期」ということになるのである。

「いったんあたえられた自由の後退がはじまると急速に弱体化しなければならなかった」括弧付きの近代主義者は、自らの手で「神話」を克服したのではなかった。「幸福な状況」の下でこそ、辛うじて彼らは、「自らの手で歴史をつくろうとしていた民衆の活動と歩調をあわせていた」のである。それが江藤の言う、政治的論理が支配する「散文的状況」であって、その対極には再び「神話」が現実を支配する、「閉鎖的な、文学的な状況」が想定されているのだ。江藤は、ある切迫した語調で、いま、ここにある「神話の克服」を訴える。後の「閉ざされた言語空間」に象徴される、新たな問題機構はこの優れて戦後的な「神話」の解体に向けて組織されたものだったのであり、そこにおいては第一次戦後派もまた、江藤的糾弾の材料になってゆくのを免れなかった。

　七〇年代に至って江藤は、最終的に彼ら戦後文学の中心にいた多くの未完成な「大作家」たちが、概ね占領軍の言論統制下の与えられた「自由」を疑うことがなかったことを糾弾し始める。彼らが、もうひとつの「神話」の囚人にすぎなかったことに覚醒した江藤は、怒りも露わに大々的な告発を開始するのである。だが五〇年代の江藤による第一次戦後派の評価は、捨てるに惜しい内容をもっていた。

具体的に、『作家は行動する』に沿ってもう一度見ておこう。江藤はこの本の第一部前半部分で、十八世紀の英国の散文作品、明治初年の日本の散文と並べて、第一次戦後派の「文体」について、「太平洋戦争後に出現した一群の作家たちの文体」には、「動的」で、「個性的」で、「自由奔放」であるといった特徴が顕著であると、最大限の評価を下している。

少なくとも五〇年代末のこの時点で、彼は第一次戦後派を、「世界を閉鎖させることをよしとする人々」から、明確に区別していたことになる。第二部ではさらに、次のように語っている。評価のポイントは、あくまでリアルということと、「主体的」ということの二点である。

第一次戦後派の作家たちに共通の特徴は、彼らがリアリスティックな文体を志向したというところにあるであろう。かりに包括的にではないにせよ、きわめて主体的に、彼らは「もの」でない「現実」をあたえようとするのである。

こうして『暗い絵』の野間宏の「参加を要求する」主体的な文体は、『日本文化私観』で一定以上の評価を得た坂口安吾の『青鬼の褌を洗う女』に表れた、ニヒリスティックな「饒舌」よりも相対的に上位に置かれるのだし、『深夜の酒宴』の椎名麟三の新しさは、「停滞」した「現実」を、主体的に捉えているところにあるとされるのだ。そしていよいよ江藤の筆は、埴谷雄高をして「いまから思い返せば、とうてい考え及ばぬほど仔細な」と言わしめた、『死霊』の文体論にさしかかる。

椎名に認められる「重い混沌の認識」は、埴谷の『死霊』に至って、「我在り、しかしなにゆえに？」という「存在」の問題を基調とする、「もっとも徹底した、メタフィジカルな展開」にまで引き上げられるのだと、江藤は興奮気味に語る。もっとも彼は、埴谷の「散文」の非小説的な性格、「散文家の姿勢をもった詩人の文体」の特徴を、見過ごしたわけではなかった。ただそれは、必ずしも埴谷の文体に刻印された、ネガティブな要素に還元されるものではない。江藤は『死霊』の作者の「絶対的な孤独者の文体」の可能性を、最後に次のように語っている。

「死霊」のなかには小説の現世的な性格を許容しないほどの峻厳な思想がある。それは、「黙示録」に詩の現世的な性格を拒む強烈なヴィジョンがあるというのとおなじであって、かりにこの作品が小説でないとしても、それが確固とした「文学的価値」――「停滞」を拒絶し、つねに可能な行動にむかって進みでていく者の行動の価値をもっていることにかわりはない。それと同時に、この「文体」は、「戦後派」の多くの作家たちの、あいまいな、焦立たしい、混濁した文体が蓋然性としてもっていた非小説的な性格を、極限的に拡大しその限界を示してみせてもいる。

これに対して江藤が、より「小説的」な小説のサンプルとして示しているのが、大岡昇平の『野火』であり、武田泰淳（彼は戦後派作家の中で、晩年に至るまで江藤の評価の変わらなかった唯一の作家と言っていい）の、『ひかりごけ』や『風媒花』だった。とは言え両者の間にも、また決定的とも言うべき差異があって、『野火』の孤独者の文体、個人の論理だけでは決して「歴史」を捉えることはできず、「存在」の根元に潜む衝動をえぐり出そうとする武田の「行動」＝「文体」によって、はじめて「歴史」を捉えることができるのだと、江藤は強調している。

武田泰淳の文体評価で、それ以上に重要なことがある。それは、例えば『風媒花』の漢文脈（もとより彼は中国文学の専門家である）が、「俗語によって、徹底的なパロディの対象とされている」という指摘である。図らずもここで江藤は、二葉亭四迷らによる明治初期の言文一致運動以来二度目の「俗語革命」（絓秀実）の端緒が、戦後間もない時期の武田泰淳の「文体」によって切り開かれたことを、告知していたのである。

では何故それが、「俗語革命」と呼ばれねばならないのか。武田は単に小説作法として、あるいは技法として、漢文脈の俗語によるパロディを試みたのではなかったからだ。それが「革命」である所以は、戦時期のあらゆる言説を被っていた、「聖戦」を支える漢文脈を基調とした言葉の聖性を、一端、俗なる散文の論理によって解体するという使命を、この中国文学者が自覚的に担っていたからである。それこそが、技術的な文体の実験という次元の外にあった、この時期の「俗語革命」の本質だったのである。

この革命を、理念的に体現したのは、言うまでもなく『日本文化私観』から『堕落論』にかけての坂口安吾であろう。もっとも彼は、近代主義者でもなければ、純粋な意味での戦後派でもなかった。したがって戦時期『司馬遷——史記の世界』で、聖なる中心という概念を、果敢に相対化する散文の論理と文体を獲得していた武田泰淳ほど、聖なる漢文脈の徹底的なパロディ化という俗なる作業にうってつけの戦後派作家は、他になかったのである。

ここで江藤淳が、「武田泰淳氏において、はじめて戦後派の作家たちのうちに真の散文家の資質をもった本格的な「小説の文体」を発見する」と語ったことの文体論的な可能性には、以上のような問題が含まれていたのである。

江藤は『作家は行動する』の掉尾を飾る「散文家たち」の節で、この問題をさらに敷衍している。『日本文化私観』の坂口安吾の「生活者」の文体が、再び呈示されるのもそのためである。では例えばそれは、江藤の専門分野でもある、十八世紀の英文学における「俗語革命」と、どのような脈絡で繋がっていたのか。

十八世紀の英国作家たちの場合、このこと（註、作家が民衆の生活的エネルギーと共鳴し合ったこと）は、彼らが当時の活気のある俗語を用い雅語を排して書いたという結果をもたらした。それは彼らが民衆の流動的、不定形、かつエネルギッシュなことば——行動をとらえ、それに持続力をあたえたということであり、たとえばヘンリー・フィールディングの「トム・ジョーンズ」の女主人公ソファイア・ウェスタンは、恋愛小説に読みふけって伯母に叱言をいわれる。それはおそらくそこに彼女に理解しうる行動、彼女のエネルギーの反映があったからであるが、右に引用した「日本文化私観」でもつねに俗語が形式的な、荘重な表現を否定して、サティリカルな効果をあげている。つまり散文の文体の基本をなすものはいわゆる「文学語」などではなく、俗語、はなしことば、ないしはそこに反映されている民衆の行動である。

これが江藤の「詩学」に裏打ちされて展開された、散文の論理（＝俗語革命論）の白眉である。ここからさらに江藤は、日本の民衆の巨大なエネルギーを吸い上げたとして賛美した安吾の、俗語的表現の限界にまで言い及ぶであろう。すなわち、彼の行動範囲が結局は、「政治」にも「歴史」にも触れ合わない範囲に限定されている以上、彼は「現代の傍観者」にとどまるというものだ。では、もう一方の無頼派作家・石川淳はどうであったか。

彼の散文が紛れもなく、「生活者」の散文であり、しかも「文体」を確立した散文であることを認めつつ、江藤はその「文体」に凝縮しているのが「市井に隠れた浪人学者の行動」であると、否定的な口調で語る。

つまりそこには、ひとりの趣味と学殖のゆたかな「士大夫」だけがいて、その行動には「人民ども」の行動が参加していない。彼の用いる俗語は、意識的に検討すれば、多く死語となりつつある東京の俗語──「町ことば」の変形であって、もともとかなり技巧的なことばなのである。

七〇年代以降、江藤は明確に反石川淳的姿勢に転じるのだが、その根拠はおよそここに語られたこととは逆で、「閉ざされた言語空間」の中で、「人民ども」との連続性を虚構的な前提とする石川文学への反感によっていたのではなかったろうか。ともかくここで、江藤の理想とする散文が、安吾的「素町人」のものでも、石川淳的「浪人学者」のものでもない、ということがはっきりした。

では近代日本に、他にどれほどまともな散文の書き手がいたのか。誰もが想像できることだが、彼は文学者ではないが、「もっとも本格的な散文家」である福沢諭吉の名をためらわず上げるであろう。『福翁自伝』には、俗語の活力が意識的に取り入れられているという理由で。後年の勝海舟への江藤のコミットも、『海舟座談』に表れたその俗語の魅力ということを措いては考えられない。また内村鑑三の文体に、江藤は作家もしくは詩人の、洗練された散文の文体を見るであろう。さらにその先には、福沢の文体にあった「相対主義的な行動」と、内村の文体に特徴的な「存在」の認識と、絶対者への希求が理想的に表裏一体となった、夏目漱石の表現が予想通り取り上げられることになる。「他者の存在」を意識することで、新たな散文の文体の基軸を発見するに至った漱石が、「存在」への不安に怯えつつ、その危機意識から、最も可能性豊かな日本的散文の「文体」を確立したこと自体に、もちろん異論のあろうはずもない。

ただしこのような『作家は行動する』の終息の仕方は、あまりに予定調和的と言うべきではなかっただろうか。最終的に漱石を召喚することで、この書物を完成させた江藤淳は、「戦争直後の短い時期に」、武田泰淳が漢文脈を日本的「俗語」によって切断し、それを「徹底的なパロディの対象」とすることで成立した「俗語革命」の戦後的可能性を、画期的なその〝散文の詩学〟とともに、自ら切断したと言わざるをえないのだ。

二葉亭四迷を中心とする明治初期の第一次「俗語革命」の内実についても、「近代散文の形成と挫折」で語られた「文学語としての口語散文というまったく新しい文体」を、新たに価値づけることなく、夏目漱石の方へと歩み去った江藤であった。こうして彼が五〇年代後半に紡いできた過激な批評的言説は、埴谷雄高による「感奮興起」などというレベルをはるかに逸脱しつつも、迫り来る六〇年代の黎明に吸収されていった。そして時代は、江藤淳という有為の批評家を、また別の舞台へと性急に運び去って行くのである。

第三章

安保から、『小林秀雄』への途

1 脱神話化される戦後

六〇年安保の年に発表された「『体験』と『責任』について」で、江藤淳は「自己を語る用意なしに自己について語るものの猥雑さを私は嫌悪する」と述べている。「私がたり」の批評家ならではの格率と言うべきであろう。

この論文は、現代思潮社が安保闘争を睨んで企画した、講座『現代の発見』の第六巻「戦後精神」に収録（執筆は一九五九年十二月）されたもので、江藤はここで、このシリーズに登場した戦中派知識人たちの、安保前夜の国民的高揚と共鳴する、いかにも感情過多の言説を、容赦なく批判しているのである。

真っ先に俎上に載せたのは、後の『北一輝論』の著者・村上一郎の論文「戦中派の条理と不条理」（同講座第一巻所収）だった。江藤淳に「ほとんど生理的な不快感をあたえ」たのは、例えば村上一郎の資質が前面に現れた次のような一節であった。

志おとろうる日、ぼくにとって、人生は八月十五日で終っている。死ぬべきであった。十五年は蛇足であった。

この最後の浪曼者が、十年にわたり躁鬱病に苦しんだ末に、日本刀で右頸動脈を切断、自刃したのは一九七五年三月、終戦からちょうど三十年目の春のことであった。それはともかく、ホーリネス派の無職のクリスチャンを父に持ち、海軍軍人も日本共産党員も体験したこの戦中派文人に、「現実感覚が完全に脱落」した「憂国の士」を見たのには、いかにも江藤的な活眼が働いていた。江藤の不満は、「体験」を語った後にも村上の言説に、「成熟した形跡」が少しも見られないところにあった。

つまり、村上氏は終始事を好む人であり、しばしば「今後戦争がおこったら」という仮定をもうけて語るところから推せば、なかんずく戦争を好む人のように思われる。村上氏の好まぬものは、常住坐臥、人間の存在をとりまいているあの辛気臭い現実というものであるらしい。

これは、村上一郎批判として相当に穿った正論であるばかりでなく、「戦争」から「革命」への戦中派の過激ロマン主義的な「綱渡り」を、日常的な散文の論理によって切断した、安保前夜には極めて稀少な批評の言葉だったのである。江藤はさらにこう述べる。

「正義派」たちはいつも「美しい」眼を輝かせて叫ぶ。私はといえば、私は慢性の飢餓状態にいたから、食物を探すことだけを考えていればよかった。敗戦後は虚弱児童も公然と侮辱されることはなかったので、私は心理的には若干満足したのである。食物を探すことは日常生活に属している。事を構えて慷慨するのは大義名分に属している。私はキラキラと輝く眼の白い部分に一筋の血管を走らせる大義名分というものを好まない。あの眼の背後にある精神のなかにはおそらく不毛な空白があるからである。

戦中派の正義が、「戦争」から「革命」へといったレーニン的なテーゼの戯画を、「安保」を契機に描こうとしていたその時、事を好まぬ江藤淳は、その大義名分の背後にある「不毛な空白」の危険な意味を、最も沈着に受け止めていた。それは江藤淳という批評家の精神が、「戦後」という時代にあって、戦中派とは全く別の意味で、日常的な「飢餓状態」を体験しつつあったからでもあろう。

一九三二年（昭和七）生まれの江藤は、敗戦の時まだ十二歳の小学生であった。だがこの病弱な少年は、一橋大学を経て海軍主計中尉として敗戦を迎えた一回り年上の村上一郎よりも、はるかに老成した一人の批評家として、それから十五年後の状況を受け止めていたのである。空襲で亡母の遺品を失い、日本降伏の玉音放送を聴いて、「解放感と喪失感とを同時に感じ」（自筆年譜）た江藤であったが、少なくともこの「解放感」は、多くの戦後派の言論人が疑うことのなかった「自由」の感覚とは、異質な何物かであった。彼の一家は三井銀行本店勤務の父・江頭隆の不遇もあって、「戦後」という時代から殆ど恩恵を被ることのなかった〝斜陽一族〟だったのだ。そのことで、この肺病病みの早熟な少年の現実感覚は、いや増しに研ぎ澄まされていく。観念世界への自閉を、極度に嫌った反動でもあった。

「『体験』と『責任』について」に戻ろう。江藤の散文的「日常生活」の論理が、村上一郎によって過激に体現された、戦中派的な過激ロマン主義の正義の陥穽を、精確に言い当てていたとするなら、それはこの批評家にとって、戦前の転向左翼の戦後的復活の正義に対する根本的な懐疑にも通じ、また堀辰雄の戦後的な後継者でもある、「マチネ・ポエティック」の一派、すなわち『1946・文學的考察』の共著者である加藤周一、中村真一郎、福永武彦らに対する疑念とも別のものではなかったはずである。

江藤が最も嫌ったのは、戦前・戦中・戦後を一跨ぎにする、「美しい眼」の連続と、それを支える「正義」の独善性にあった。そこに批評的な切断を持ち込むことこそ、この〝若い批評家の信条〟だったのである。

「戦争」というハレ（晴れ）の時間の後に来る、「戦後」といういかにも辛気臭いケ（褻）の時間に耐えられず、またぞろ「革命」などという「いつ始まるとも知れぬ祝祭」を待ち望む虚弱な精神は、「新しい星菫派」を気取る堀辰雄の末裔たちの無垢なる衒学趣味ともどこかで通底していただろう。江藤にとって、両者は疑いなく健康な「美しい眼」の輝きを共有していたのだ。彼はその眼の背後にある「不毛な空白」を、埋め尽くさない限り、「（戦争）体験」を踏まえた成熟はあり得ないと考えたのであった。

「戦争」という非日常的な聖なる時間の後に来る、「戦後」という日常的俗なる時間の本質を、江藤の現実感覚は過敏なまでに意識していた。この過敏さが、戦中派の熱い語りに対する、一種の過剰反応となって現れるのである。安保の二年前に当たる一九五八年十一月、石原慎太郎、大江健三郎らとともに「若い日本の会」を組織して、警職法（警察官職務執行法）改正反対を声明した江藤の現実感覚も、政治的なベクトルとして見たときに、ことさら「左翼的」と見なす必要などなかった。そのことがはっきりするのが、六〇年安保闘争なのである。

この時期「国会の機能回復、反岸政権の実現のために奔走」（自筆年譜）した江藤は、「革命」待望派の過激ロマン主義の対極にあって、戦後最大の政治闘争の本質を、「新たなる攘夷派と新たなる開国和親派」の激突と見ていた（「ハガティ氏を迎えた羽田デモ」）。その判断の基軸となったキーワードは、「左翼」でも「革命」でもなく「ナショナリズム」だったのである。

「安保闘争と知識人」で江藤は、全面講和論が国際協調主義の名を借りた、急進的ナショナリズムの主張だったように、安保反対論の底にあったのも同じものであったと述べている。そしてこの急進的ナショナリズムが、いつでも爆発し得る状況の背後には、「敗戦後十五年目をむかえて、日本人が例外なく米軍の駐留に倦んでいたという事実」があったと語る。

「十五年は蛇足であった」という、先の村上一郎の感慨の根にあったものも、裏を返せばこの倦怠感に止めを刺す、ハレの「現実」の到来を待ち望む心であったろう。こうしたエモーショナルな、戦中派の過激ロマン主義を取り去ったときに現れて来るのは、明治の条約改正、日露戦争の講和問題の再現、つまりは「政府と国民大衆のナショナリズムの分裂」のパターンでしかない、これが当時の江藤の現状認識である。

だがそれにしても、日本の敗戦から十五年後の政治的な節目を捉える江藤淳のリアル・ポリティックスは、明晰にしてかつ攻撃的である。自閉と浪曼と文学の鬱屈した結合を、徹底して散文的な現実感覚で解体せんとする江藤は、安保の総括として「〝戦後〟知識人の破産」（六〇年）を宣告してもいたが、ここでも敗戦後の十五年という時間が問題になっていた。

このとき彼が感受していたのは、日常への復帰を拒む戦後的な言論の、奇妙な華やぎに対する不信感である。この曖昧な時間を、これ以上引き延ばすことは許さない。十五年で戦後的な思考はすでに底をつき、「戦後の日本のインテリゲンツィアが信奉して来た規範」が破綻したのだ、と江藤は言うのだ。「要するに、戦後十五年間というもの、知識人の大多数がその上にあぐらをかいて来た仮構の一切が破産した」のだと。

こうした発想は、後の「閉ざされた言語空間」という問題設定にも通じていよう。江藤の現実感覚は、仮構の戦後を、単なる時代区分ないしは歴史過程とは見ずに、それを特殊に実体化されたハレの時間として作為する、左翼ロマン主義的な観念論の倒錯を暴き立てて止まない。

したがって当時の江藤が、「進歩派内部におけるファナティシズムの跳梁と現実認識の欠如に憤りを発すること多く、反政府運動家の眼中に一片の「国家」だになきことに暗然」（自筆年譜）としたというのは、少なくとも、事後的な辻褄合わせなどではなかったのだ。事を好む戦中派が、進歩派の装いのもとに、それと意識せずにファナティックなナショナリズムを煽り立てているところには、国家も秩序も存在しない。このアナーキーな機能麻痺状態を打開するために、彼は「反岸政権の実現のために奔走」したのであって、それが六〇年における江藤の優れて散文的な現実感覚だったのである。

「ある人々にとっては、自分の抒情詩を現実の上に大書する好機だったこの政治の季節が、私にとっては要するに不快の連続だった」(「政治の季節の中の個人」)――という江藤の現実感覚は、ここでも美しい眼の背後にある精神の「不毛な空白」に、拒絶反応を示していたのだった。

「〝戦後〟知識人の破産」で明らかなのは、彼がこの時代の知識人の限界を、その歴史的特殊性から来る、〝期間限定的な知性〟の問題として把握していることである。そこで彼らの「戦後」という観念は、それ自体が「正義」と結びつき、八月十五日を起点に、絶対的な価値を持った実体に祭り上げられていた。江藤はその根拠なき「実体」を、祭り上げるのではなく、逆にここで〝祭り棄て〟ようとしていたのである。

「八月十五日を絶対化する考えかた」からは、「廃墟」=「戦後」の持続に不都合なものはなにもなく、すべての「正義」はこの時点から流出する。ところで、十五年という時間は「廃墟」=「戦後」が遠くなる時間でもあった。そして人は、「例外なく米軍の駐留に倦んでいた」のである。江藤の言説がここで俄に保守的な傾きを示し出すのは、彼が求めていたものが、非日常的なハレの更新ではなく、日常的な時間的秩序への復帰ということにあったからだ。

だが一方、こうした俗なる時間の回復によって追いつめられた理想家たちは、「廃墟」のイメイジを未来に投影し、破壊を待望する。敗戦から十五年後の、日米安保条約の改定問題に端を発した時代の混乱は、その危機的な現れであったと江藤は認識する。この観点からすると、丸山真男も清水幾太郎も、時代錯誤的な危険分子にすぎないことになる。両者のジャーナリスティックな対立は、見かけ上のもので、事柄の本源を八月十五日に求めようとするところで彼らは一致し、また政治に道徳の中心を見ようとする認識においても一致しているのだ。

江藤淳がとくに失望したのは、安保闘争の最も困難な局面で、清水幾太郎が示した最終的な政治判断が、為政者の寛容と道義心に期待するということにすぎなかった点である。この著しく現実認識を欠いたオピニオン・リーダーの政治判断は、無責任であると同時に、打倒すべき国家権力への甘えでもあることから、その知的な存在根拠は破産していると江藤は考えたのだ。

敗戦による虚脱から十五年後、彼らがその虚脱の合理化によって知識人として延命することはもはや許されない。何故ならそれは、「一種の思想的鎖国の完成」であるからだ。この時代の進歩的知識人に向けられた江藤の批判の矢は、優れて反戦後的なものであったと言えよう。安保の総括は、江藤にとってこれらオピニオン・リーダーの一見進歩的な言説の〝反動性〟を、総括することでもあったのだ。

世界は変るがいい、国際関係は変転するがいい。しかし、日本だけは、八月十五日で停止させられた時間のなかに閉じこもって、一切の動きを拒まねばならぬ。これが鎖国の意味で、鎖国は今日まで続いている。(「〝戦後〟知識人の破産」)

こうして見ると、江藤淳の「戦後」という特殊な時代に対する果敢な神話剝がしが、すでに六〇年安保を一つの契機に、始まっていたことが明らかになる。八月十五日という日付が象徴する日本人の「虚脱」、その副産物にすぎなかった戦後知識人の「理想主義」の欺瞞は、必然的に極度の観念性を彼らに付与する結果となった。江藤的に言うと、傷つけられた「誇り」が、知識人である彼らをそこまで追いつめたのである。その挙げ句に彼らの「誇り」は、現実を回避しようとして新しい規範を必死に呼び求める。思想的鎖国とはだから、この不安定な心情と表裏一体の「閉ざされた論理」の帰結なのだと。

敗戦を「第二の開国」と呼んだのは丸山真男であるが、江藤によれば、戦後の知識人を取り巻く事態はより深刻で、彼らは明治の知識人が外国の現実にふれて感得したような「他者」の存在を、感じとってさえいないのではないかと言う。

そしてかくも「不自然な仮構」のなかで、初めてかつての「熱烈な戦争協力者」は、「絶対平和主義者」に自然に移行できるのである。「転向」や「変節」の意識もないままに。このようにして一部の知識人たちは、癒されない「誇り」を持て余したまま、俗なる時間を拒み、生活を拒否した急進的な「復古派」に進化ならぬ退歩を遂げるのだ。

こうした物言いによって、つねに江藤は、知識人の傷ついた（しかも決して癒されることのない）「誇り」に、「散文的な努力」を対置して見せる。それは聖化された非日常を、詩的言語の対極にある俗語＝散文の論理によって、解体に追い込むという戦術を意味していただろう。「生きることを拒否する情熱によって生きる」知識人は、そうした手の込んだ自己欺瞞によってこそ、八月十五日以後とそれ以前の時間の連続を、奇跡的に可能にし、観念的に聖なる「戦争」を継続させていたのだ。そのマイナーな一典型が、進歩的左翼を偽装した、戦中派の過激ロマン主義者たちであっただろう。

「『体験』と『責任』について」で江藤は、村上一郎に次いで、山田宗睦の「哲学の戦争体験」を批判する。おそらく江藤は、西田哲学の解釈と自らの生い立ちの回想を、何の断絶もなく語り、さらに戦後のマルクス主義への思想的転回を自己肯定的に語る山田が、許せなかったのだ。さらに臆面もなく、恋人のところに入隊前に逢いに行って逢えず、堀辰雄の『晩夏』を置いて帰って来たなどという「体験」を得々と語る、戦中派「哲学者」の猥雑な語り口そのものを、心底から憎悪し軽蔑さえしていたのだ。

六〇年安保の五年後、山田宗睦は『危険な思想家』を書いて、江藤を竹山道雄、林房雄、三島由紀夫、石原慎太郎、高坂正堯らとともに思想的に断罪している。ここで彼は、大熊信行のような戦前派が江藤ら戦後派と連帯し、「占領下民主主義不在説」をもって「戦後」否定に乗り出し、「戦後は虚妄だ、という一論を説いた」ことにも反発している。

これにたいして、丸山真男が、自分は、戦前の日本帝国主義の実在よりは、戦後の民主主義の「虚妄」に賭ける、と言いきったのは、もっとも痛烈な大熊批判であった。そしてそれは、あの江藤の丸山批判（註、「〝戦後〟知識人の破産」）にたいしても、痛烈な反批判となっている。争われているのは一九四五年八月十五日という静止した時点ではなく、〈八・一五〉から現在にかけての、戦後という時間過程なのである。それを、過ぎゆく非人間的な、共同体的な時とするか、あるいは意識的に創り出す時間とするか。江藤は、かるがると戦後を過ぎゆくものとみ、いまや、独占日本の新しさをうたうがわに、位置を移しているのだ。

ここで山田が引く丸山の言説、戦後民主主義の「虚妄」[1]を、江藤淳の言葉に置き直すと「不自然な仮構」ということになる。あるいは吉本隆明は、同じく六〇年安保直後に、それを「擬制」（の終焉）と呼んだのである。

確かにここで争われているのは、山田の指摘するとおり、「一九四五年八月という静止した時点ではなく、〈八・一五〉から現在にかけての、戦後という時間過程」なのだろう。だが江藤に言わせるなら、逆にこの動態的な時間過程を静止させるものこそ、八・一五で「停止させられた時間のなかに閉じこもって、一切の動きを拒」んでいる自己欺瞞的な「〝戦後〟知識人」なのである。そして江藤淳は、「八月十五日を絶対化する考え方」の典型を、丸山真男その人の思考形態に見ていたのであった。

丸山のようにその「虚妄」に賭けられるのは、「理想家の時計だけが八月十五日正午で停っていた」からであって、そうではない現実家の時計はその後も動き続けていた。現実家は時間を停止させて、敗戦による「虚脱」を合理化しない。むしろ彼は「虚脱」を克服すべく、そうした「不自然な仮構」の外に出なければならないだろう。これが江藤による、「戦後民主主義」の神話剝がしの要点であり、それを担った進歩的知識人批判の中心思想である。

「戦後」という仮構をとり去ってみるがいい。日本を支えて来たものが生活する実際家たちの努力で、それを危地においやったのが理想家の幻想であったという一本の筋が今日にまでつながっているのが見えるであろう。(「〝戦後〟知識人の破産」)

この違いは、敗戦を受け止めた日本人の年齢差による、戦争体験のずれからもたらされたものではない。おそらく敗戦直後のホームレスの浮浪児と、「慢性の飢餓状態にいた」江藤淳との間には、その意味で本質的差はないので、それほど戦後を代表する進歩的文化人ならびに戦中派知識人と、若き批評家・江藤淳との「戦後」認識のギャップは大きかったのである。

ところで先の引用部分での、山田宗睦の「江藤は、かるがると戦後を過ぎゆくものとみ、いまや、独占日本の新しさをうたうがわに、位置を移している」という評価はどうであろうか。断っておかねばならないのは、この『危険な思想家』という書物が、かなり荒っぽいやっつけ仕事だったことだが、それにしても、江藤がかるがると戦後をすぎゆくための最大の障碍が、進歩派ならびに戦中派的な言説の「不自然な仮構(2)」に他ならなかったのだから、ここでの議論は全くかみ合っていないことになる。

江藤から見た山田は「貧弱な夢想家」にすぎないのだが、彼はこうした「心情に溺れることを好む感傷家」を、真に恐れていたわけでは全くない。村上一郎や山田宗睦、あるいは丸山真男の弟子筋の橋川文三を軽くいなした後に、江藤の筆は真剣を振るうように、もう一人の対象に向かってゆく。この時期の戦中派的な言説のうちで、比類ない強度をもって破壊的な力を発揮していた吉本隆明の存在に、江藤が最も注目していたのは、その慧眼の最たるものであっただろう。

江藤はここで、吉本が敗戦直後の一九四六、七年に書いた詩的散文「エリアンの手記と詩」、「異神」を長々と引用した後で、「自分を語る用意があるとはこういうことをいう」とまで述べているのだ。江藤はこの吉本の、詩的緊張に満ちた反逆的倫理の表白に、「自己を語る用意なしに自己について語るものの猥雑さ」とは対照的な、ある侮りがたさを感受したことは疑いない。

だがここでの吉本評価のポイントは、あくまで戦中派的な言説の強度にあるので、この『体験』と『責任』について」の五年後の「安保闘争と知識人」において江藤は、全学連主流派と行を共にしたこの時期の吉本の政治的急進性を、「急進的ナショナリズムのもっとも急進的な部分を代表していた」としか、評価していないのである。だがそれゆえにこそ江藤にとっては、このユニークな詩人思想家が、「虚脱の合理化」によって自己欺瞞的に進歩的な言説を撒き散らす凡百の論壇左翼より、よほど信用のおける疎外された精神の持ち主と映ったことであろう。

周知のように吉本隆明は、江藤淳とは逆方向から、「戦後」という特殊な時代の神話剝がしに大鉈《おおなた》を振るった人物であった。文学者の戦争責任問題において、戦時期に体制翼賛に手を染めた転向左翼の、戦後における自動的な左翼戦線への復帰に根底的な疑問を突きつけた吉本は、戦中と戦後に言論上の切断線を持ち込んだ批評家でもあったのだ。

2　吉本隆明との交錯

戦後という時代の俗なる本質にいち早く覚醒し、戦後的日常の中に非日常を、また非日常の中に日常性を透視する思想的複眼を備えていた吉本は、安保闘争の全学連シンパ第一号の社会学者・清水幾太郎などより、はるかに散文的な人物であったかもしれない。特攻世代に固有の「死の影」を武器に、戦時期の「抵抗」をちらつかせるコミュニスト花田清輝を、転向ファシスト呼ばわりした彼は、不屈の戦中派的センチメントを武器に、孤独に倫理的な詩的散文――その絶頂にあるのが「マチウ書試論」であろうが――を完成させつつあった。

村上一郎も山田宗睦も橋川文三も退けた江藤淳の文学的感性は、吉本の詩的散文に表れた「暗い呪詛の戦慄」の強度を、能う限り精確に捉えていた。

この抒情詩人は嵐を愛し、純粋を信じ、さまよえるオランダ人のように常住漂泊をつづけている。しかし、彼は自分の醜くさ、不毛さ、生への嫌悪を自覚していて、その醜くさに対しての「ナルチスムの性」を感じ、神に追われる者の「鞭の痛み」に喜悦を感じる精神の被虐者であることをも告白している。彼は「此の世に生きられない」、彼は「あんまり暗い」。このニヒリズムには、村上一郎、山田宗睦、橋川文三氏らといった善良な夢想家たちのおし立てている大義名分の旗印などはない。つまり、吉本氏は何ごとかをあきらかに「体験」し、それを表現している。それは彼の語るところから肉の裂け目のようなものがほの見えることからもうかがわれるので、ここには凡百の学者の好む概念の積木細工などは一片だにありはしない。彼は《*Christ's Wounds in me shine!*》(*Edith Sitwell*)とひそかにつぶやいているのかも知れないのである。

吉本の詩的散文、あるいはその詩的言語の特性を、これほど明晰に言い当てたものは他にない。戦後思想史の文脈から見ても、吉本的ニヒリズムには、「大義名分の旗印」と言えるものは確かになかったのだ。またそれを必要としない、戦中派的「体験」の固有性の強調こそが、吉本隆明の反「戦後」性を際立たせる、見えない旗印でもあった。

六〇年安保闘争の敗北の後に「擬制の終焉」という総括を経て、既成前衛党のヘゲモニーをめぐる神話作用から最終的に解放された吉本は、そこから「大義名分の旗印」のない「自立」の思想を、視えない旗印とするに至る。そしてなお七〇年代いっぱいまでは、体制や既成左翼から追われる者の、「鞭の痛み」に耐える被虐的な思想の「喜悦」を、彼の「体験」とは縁もゆかりもない純粋戦後派の「善良な夢想家」たちを相手に、パフォーマティブに演じ続けていたのである。

この純粋ニヒリストの商業左翼的パフォーマンスは、まぎれもなく戦後的ラディカリズムの極限に位置していたのであるが、現象的に吉本は、それを反＝戦後的な売文上の〝芸〟として、高度に洗練させることに成功したのである。その秘密を江藤は、この時点で透視しつくしていた。吉本に比べるなら、村上、山田、橋川といった他の戦中派知識人の特殊に世代がかった言説は、江藤にはことごとく単なる素人芸にしか見えなかったであろう。

吉本の詩的散文には、「他者」の存在が、無自覚なままに欠如しているわけではないのだ。だが少なくとも「彼は他者とともに生きることのできぬ人間であることを感じている」。その痛ましい自覚からほとばしり出るものこそ、江藤の言う「暗い呪詛の戦慄」だったのである。

そこで江藤は、吉本の言説に特徴的な「呪詛」が、「きわめて個人的な呪詛であって、すくなくとも時代的な呪詛などではない」と喝破するのである。戦争が彼になにかをつけ加えた、というわけではないのだと。だが、と江藤は吉本隆明という存在のカリスマ性について、改めて問うてみる。

だが、それなら、何故に、この呪詛の断片がなにひとつ体験したふしもない善良な夢想家の言葉のなかに反映したりするのか。何故に吉本氏が一見「戦中派」の一指導者のごとき外貌を呈するのであろうか。

江藤は吉本的言説を特徴づける「暗い戦慄」が、日本人のなかにひそむ「調べ」と宿命的に繋がっているからだと結論する。

おまえは此の世に生きられない　おまえはあんまり暗い――この「エリアンの手記と詩」の調べが、江藤淳の抒情的小編「フロラ・フロラアヌと少年の物語」の、死を予感した薄命の少年の知的に漂白された「呪詛の戦慄」と、無縁であり得ないことは自明であろう。ただそこには、埋めがたい断絶がある。江藤は吉本の「歌」が、「貧しい農民の子の歌」であると断定するのだが、軽井沢的なトポスで奏でられる「フロラ・フロラアヌと少年の物語」の主旋律からは、あらかじめそのような要素が、周到に排除されていたのであった。

もとより吉本隆明は、「農民の子」ではない。九州から東京下町の佃島に流れ着いた、船大工の末裔である。だが彼の「歌」は、その「調べ」は、まぎれもなく日本的な常民（＝定住農耕民）の受苦を、「暗い呪詛の戦慄」に圧縮したもの以外ではなかったのである。強いて言うなら、「エリアンの手記と詩」には、「フロラ・フロラアヌと少年の物語」の抒情を下支えする、ブルジョア的遊民の感性があまりにも希薄なのである。その江藤淳の批評的感性が、吉本の詩的散文に表れた、日本的共同体の呪縛を見逃しはしなかったのである。

ところで江藤が、吉本を他の戦中派の誰よりも評価するのは、その調べと切り結んだ宿命の根深さを、彼が「戦争」や「革命」への幻滅ととり違えることがなかったからである。江藤はこう語る。

吉本氏の「戦争責任論」や「転向論」は、私の考えではおそらくこの呪詛の条件的な表現にすぎない。極言すれば、「戦争責任」などというものは戦術的な方便であって、彼は自分の「哀しみ」と「不毛」と「暗さ」の代償を身近かなものを破壊することによって僅かに求めようとするのである。そして、この場合、「戦争責任」という錦の御旗をふりかざすことほど効果的なことはなかった。

ここでも江藤の評言は、いたって精確なのだが、さらに言えばその呪詛の根深さは、しばしば身近な破壊対象への関係妄想的な憎悪の肥大化によって、この詩人思想家の「正義」を矮小化する悪循環を招いていった。つまりそこで、吉本的な言説は、世代や党による「大義名分の旗印」の代わりに、善良な夢想家の単純なパトスに直接訴える独善的な「錦の御旗」の役割を、排他的に演じ始めることになるのだ。

その過程で何が起こるかと言うと、吉本隆明という日本的共同体の受苦を宿命的に背負った「精神の被虐者」が、ポジティブに他者の「責任」を暴き立てる「精神の苛虐者」になるという、位相の反転である。賢明にも江藤は、では「あらゆる他者を拒もうとする吉本氏自身の「責任」とは、どのようなものであろうか」と、問いを重ねてゆく。後にも先にも、吉本はこれほど明晰に自己矛盾的なその言説の現象形態を、解剖されたことはなかったのである。江藤はカインの印を額に持った絶対者吉本自身に、「責任」などというものはなく、あるのは「鞭の痛み」だけだと容赦なく追及し、さらにだめ押し気味にこう語る。

吉本氏が、その破壊的な衝動を表現するのに、「責任」を問うという倫理的な発想を不用意に選んだところから混乱が生じる。「戦争責任」などというものがない、というのではない。しかし、吉本氏流の「戦争責任論」が不毛なのは、「戦争体験」がかならずしも「体験」を意味しないように、「戦争責任」における「責任」の意味がいいかげんだからである。そのために、吉本氏の呪詛はしばしば単なる呪詛にとどまって、文学的に昇華されず、文学的表現と政治的アジテイションの間を往復してしまう。

ここまで追いつめたところで、江藤は吉本を戦中派の大立て者として鄭重に遇しながらも、その言説から戦中派ならではの「猥雑な感覚」を嗅ぎ取り、否定しているのである。江藤淳は戦中派に特徴的な「復讐の衝動」を決して否定はしない。しかし「それがついに復讐の衝動でしかない「思想」の猥雑さを好まないのである」。ここに認められるのは、日本的な共同体の呪縛の圏内にある「暗い戦慄」を超克した、優れてブルジョア的な批評の感性であろう。

別の物言いをすると、「戦争責任論」で吉本が演じていたのは、世代論的な「正義」によって不敗を保証された〝野暮〟であり、それこそが、江藤がしばしば用いる「猥雑」という価値基準によって退けられる戦中派に特有の反美学的「倫理」だったのだ。裏を返すと江藤の『「体験」と『責任』について」は、そうした戦中派の東京下町風の野暮な言説に対する、山の手的ブルジョアの〝粋〟の真骨頂を示す、戦後派のマニフェストでもあった。

吉本隆明の出世作『高村光太郎』の高名な一節、「戦争に負けたら、アジアの植民地は解放されないという天皇制ファシズムのスローガンを、わたしなりに信じていた。また、戦争犠牲者の死は、無意味になると考えた」を引きながら、江藤はこの詩人思想家にとって新たに提起された、「思想的」な「責任」の議論される場所のあいまいさを、鋭く抉り出す。

つまり吉本の「責任」追及の行き着く対象とは、自らが信じた偽りの「大義名分」の片棒を担ぎながら、戦後、口をぬぐって百八十度逆の「大義名分」に新しく乗り換えた、破廉恥な知識人ということになる。事実、吉本による文学者の「戦争責任論」が猛威を振るったのは、そうした臑《すね》に傷持つ文学者たちの戦時期と戦後の言説が、そのイデオロギー上の著しい断絶にもかかわらず、構造上まったく同型であることを赤裸々に暴いたからである。

さらに彼は、傍観、逃避、偽装転向といった形での「大義名分」からの逸脱を、戦時期の知識人に認めなかったばかりか、獄中非転向による戦争の「大義名分」への抵抗さえも、大衆的な動向からの孤立という理由から、全く認めようとしなかった（「転向論」）のである。

江藤的に分析するなら、それは「自分が命を賭した「正義」を嘲笑する者の「無責任」」の告発に帰着することになる。野暮と言えば、これほど野暮な「責任」追及はないのである。言うまでもなく吉本は、無垢なる戦中派の代表として、彼が「当時、未熟ななりに思考、判断、感情のすべてをあげて内省し分析しつくしたと信じていた」（『高村光太郎』）と自ら語る戦時期の「体験」に秘められた、自己犠牲的「大義」を、前世代の誰にも笑われたくなかったのである。

こうした笑いの禁止による思考の硬直を、戦後思想の可能性に対する重大な挑戦と受け止めたのが、花田清輝であった。だが笑いよりも憤りや嘆きを、韜晦や修辞よりも常に真摯な直情の表白を好むこの国の知的風土にあって、戦時中、中野正剛の配下にあった組織（東方会）に関係(3)していた臑に傷持つコミュニスト花田が、吉本との論争で分の悪い立場に立たされたのは当然であった。

忘れてならないのは、ここでの花田的なコミュニストの「笑い」が、野暮な正義の強ばりをほぐす、江藤的な「粋」にも通じていたことである。吉本の詩的散文に表れた、「暗い呪詛の戦慄」に対するその柔らかな散文の解毒効果は、系譜的に坂口安吾、花田清輝、江藤淳という散文精神の持ち主のみが共有する、例外的な知性の賜物だったのかもしれない。

これに対し吉本的発想の基本にあるのは、いかに（論敵に）負けないかという非‐散文的「勝負」の論理なのであり、またそれだけが彼の思想的普遍性の唯一の標準になっていたのだ。いずれにせよ、江藤の指摘するその「暗い呪詛の戦慄」は、戦後（社会）を告発する三島由紀夫の『英霊の聲』のそれにも似た、この世代に特有の排他性を有しており、常に追いつめられた者の怨みの滲んだ「正義」の鎧に武装されていた。

その基底にあるものを、江藤は一言で「みたされぬ感情」と言い表している。すなわちそれは、聖なる死に見放され、戦後の俗なる時間の中で生殺しの状態のまま不適応をかこつ、戦中派のルサンチマンということなのである。その「みたされぬ感情」のストレートな表白が、江藤には生理的な不快感を催すほどに、野暮にも猥雑にも感じられたのだ。

江藤淳の自恃と苛立ちは、彼ら戦中派が堪え性なく「体験」を語り、あるいは「責任」を追及する時、彼自身がじっと耐えていたものにかかわっていた。この論文で江藤の言わんとするのは、戦中派の「正義」が、無垢なる「子供」の正義にすぎず、とうてい成熟した大人の「体験」や「責任」として語るに堪えないものだということなのである。

逆に言えば江藤淳は、「子供」であることの特権を奪われ、あるいは自ら拒否し、母親の記憶に繋がる精神の隠れ家＝納戸から這い出して来た批評家だった。そこで彼は半ば強引に、なおかつ自覚的に「大人」を演じはじめるのである。何故にか、それは彼が病を克服して、切実に生きようとしたからである。死の欲動をねじ伏せ、堀辰雄的な世界と訣別し、漸く死が汚く見え出してきたとき、彼は成熟を拒否した「子供」の「正義」の「猥雑」さというものに気づいたのである。

困難は、日本に自覚的なデマゴーグもいなければ、自らの発言の意図に明晰だった知識人もほとんどいなかったというところにある。

こう述べる江藤淳が、かつて『近代文学』の同人を前に「僕は政治的に無智な一国民として事変に処した。黙って処した。それについては今は何の後悔もしていない」(「コメディ・リテレール小林秀雄を囲んで」『近代文学』一九四六年二月号)と颯爽と語った小林秀雄を、意識していなかったはずはない。荒正人、小田切秀雄、佐々木基一、埴谷雄高、平野謙、本多秋五らの面々が、この座談会で必死に演じているのは、「兄」小林秀雄への慎ましやかな文学的反逆である。だが重要なのは、小林が必ずしも彼らの「兄」として、振る舞ってはいないことなのだ。むしろ彼はここで、「兄」の「責任」を拒否し、断固として「父」の「罪」を引き受けているかに見える。

小林がこうした身振りによって、戦時期の言動に頰被りをきめこんだのだといった解釈ほど、俗耳に入りやすいものはない。そうではなく、このとき小林が、「父」の「罪」を開示することを通して、自らの歴史的存在根拠を明らかにし、よって以て無垢なる「子」の非歴史性を暴露した批評的ダイナミズムの方が、より重要ではないだろうか。

江藤淳が、小林秀雄という『近代文学』派にとっての超えがたい先行者から学んだのは、批評的な成熟の作為＝先取りということだったのではなかったか。「『体験』と『責任』について」で江藤は、無垢なる戦中派の言説に見られる非歴史性、否、彼らの本質的な歴史的存在根拠の薄弱さに対する自覚の欠如を、言おうとしたのだと思われる。無垢なる「子」であることによって、永遠に罰せられることのない戦中派に与えられた最大の罰、それは彼らが成熟から見放された、永遠の

「子」＝「孤児」として宿命づけられた世代だという、決定的な事実だったのである。

江藤がここで示したのは、やはり「子供」に対する「大人」の倫理だったと言わねばなるまい。翻って、批評的に「大人」を演じるとは、何かに耐えるということの「責任」に他ならない。江藤個人の場合にそれは、死の欲動と戦って日常を生きるための忍耐であり、それにともなう責任以外ではなかった。この野暮な選択に自覚的であることが、粋なのである。

しかし、戦後であれ戦前であれ、世の中にはいつも「責任」を自覚するという辛さに耐える少数の者と、それを「憎悪」の表現に用いようとする多数の人々がいるという事実にかわりはないのである。私は復讐の衝動を否定しない。しかし、それがついに復讐でしかない「思想」の猥雑さを好まないのである。

ところで「猥雑」を好まない江藤は、何処かでこの「猥雑」さを引き受けなければならなかった。何となれば、「散文」から「猥雑」さを完全に排除することなどできはしないからだ。とりわけ江藤が批評の対象とする「近代小説」とは、「猥雑」なる言語＝「俗語」によって書かれた、俗世間の出来事以外ではないからである。そこに「近代批評」の困難《アポリア》もあったのだ。

ここにおいて、志賀直哉の直接的な影響のもとに「白樺派」に連なる「小説家」として出発し、批評家に転じた後は、昭和初期のプロレタリア文学、私小説、新感覚派といった文学流派の消長を見届けてきた小林秀雄の存在が、「猥雑」なる世界をいかに批評的に処理すべきかというテーマと不可分の形で、江藤淳の眼前にクローズアップされてきたことは疑いない。小林秀雄こそは、自己を語る用意をもって自覚的に自己を語る、「私がたり」の批評家の先駆けであったからだ。とりあえずこの「私」の仮構なくして、日本の近代批評は、その「近代」性を定位できなかったのである。「批評とは竟に己の夢を懐疑的に語る事ではないのか！」（「様々なる意匠」）――この懐疑をバネに、小林は散文の属性でもある「猥雑」さを、「猥雑」なままに批評的なエネルギーに組み替えていったのである。こうして小林の「私がたり」は、他者なる「天才らの喜劇」を出汁《だし》に、己の夢を懐疑的に再生産しつつ、高度に洗練された近代批評のパラダイムを切り開いていったのであった。

江藤淳は、小林によって開拓されたこの近代批評のレールを、着実に延長させた戦後の批評家だった。同時に彼は、夏目漱石という小林の故意に無視した存在が背負った「近代」の受苦を、「天才らの喜劇」ならぬ、俗人の「日常生活の倫理」（『夏目漱石』）に即して語った非‐小林的批評家でもあったのだ。

おそらく彼は、近代批評を俗世間の出来事に近づけて語り得た、最初の批評家だったのである。江藤的な批評言語を取り巻く「猥雑」さは、だから戦中派のルサンチマンとは異質な、どこからでも「他者」に浸透される「私」の、世俗的な倫理の表現でもあった。

さらに私たちはここから、江藤淳が漱石と小林との間にある埋めがたい断層を断層のまま、そこに批評的な橋渡しを試みることなく、その関係を宙吊りにした事実を記憶すべきであろう。それは江藤淳が、はっきりと漱石の方から、小林を捉えていたということである。例えば江藤淳が看過した次のような問題がある。これは、テキストの表層レベルでの符合以上の問題なのだが、漱石と小林の数少ない接点として、例えば『道草』の一節と「様々なる意匠」の冒頭に、注目すべき類似箇所があることを指摘しておこう。

それは『道草』の主人公・健三によって語られた、「世の中に片附くなんてものは殆どありやしない」という、江藤言うところの水平的な「日常生活の倫理」に基づくいかにも象徴的な台詞と、「様々なる意匠」の冒頭に語られた次の一節との関係である。

> 吾々にとって幸福な事か不幸な事か知らないが、世に一つとして簡単に片付く問題はない。

この言葉によって小林は、「様々なる意匠」のイデオロギー性を、俗なる散文の手ぶらな批評精神(つまり窮極の印象批評)によって、解体し尽くすことができると宣言しているのである。聖なるイデオロギー、とりわけマルクス主義文学という、神聖化された言説に対するこの闘争宣言は、プロレタリアート神話による階級的自己絶対化＝自己抹殺(否定)の「垂直的倫理」に対峙する、俗なる「水平的倫理」の勝利へ向けた脱構築的な戦略ではなかったのか。

小林の無視した漱石、小林が読み切れなかった漱石のテキストの先の断片には、「意匠」による解決を退け、片付かない問題に耐えるという、小林的散文精神と共通の水平的倫理が認められる。

両者の断層を埋めようとするなら、ここから切り込んでもよかったはずだが、江藤はそのような方向で漱石と小林の断絶を埋めようとはしない。

そうではなく江藤は、小林秀雄という存在を、「志賀直哉と夏目漱石の中間の位置にいて、焦燥にかられながらシニカルな視線を現実に投ずる」（『小林秀雄』）批評家として描き出すのだ。志賀直哉が「垂直」に見る現実を、小林は「水平」にではなく、「はすかい」に見ていると江藤は述べるのである。確かに「様々なる意匠」で小林は、自らの方法意識について、「常に舞台よりも楽屋の方が面白い」と告白していたのだし、その場所への「搦手《からめて》から」の、言い換えるなら「はすかい」からのアプローチを、批評上の「軍略」として語ってもいたはずである。

江藤はだが、そうした小林的身振りにも無頓着なまま、ひたすら「歴史」を拒否し、「他者を抹殺した小林」像の造型を急いでいるかのようだ。ここからさらに彼は、聖化された小林神話の底に沈んだ「死への情熱」を、未刊行の初期文集からすくい上げる作業を通じて、自らが描き出す物語の中に小林神話を導き、一挙にそこに溶かし込んでしまうのである。

こうして、「志賀直哉と夏目漱石の中間の位置」にある小林の、限界と可能性が同時に照射されることになる。そこでの江藤の批評的な正統性を保証するものは、「他者」を媒介とする漱石譲りの「水平的倫理」ということになるのだが、それは俗なる物語の縁取りをもった江藤淳の批評文の、社会的な流通性の保証にもなっていた。だが果たしてそれでよかったのであろうか。江藤的な批評の危機と陥穽は、猥雑なものを常に取り込んでは解毒し、その過程で異様に「健康」になってゆく、批評の日常的な機能性自体にあったのではないか。

六〇年安保を挟んで、江藤淳によって書き継がれた論攷『小林秀雄』から、アメリカ体験の後に戦後文学の現場に復帰して書かれた『成熟と喪失』への道は、この意味で世代論の不毛さから訣別した彼が、批評にとって最終的に排除不可能な「猥雑」なる世界と相渉りながら、「健康」を再生産する過程を示していた。

そこで江藤は、小林が開拓した「己の夢を懐疑的に語る」という批評の方法を、よりラディカルに実践しつつもあったのだ。その夢とは、「健康」になった江藤が、「死の欲動」を懐疑的に語りつつ、同時に「母」に先立たれた「子」の、悲劇的に「過剰な生への欲求」を、散文的リアリズムによって綜合すること、「内部の分裂」という漱石的主題を統一へと向かわせることだったのではないか。だがそのことで江藤淳は、小林秀雄が批評の糧にした散文的「猥雑」さを、絶えず透明さに還元するという、「健康」を標榜した批評が捉えられがちな、ロマンティシズムの逆説に陥りかけていたのである。

3 「死」を所有した批評家

『小林秀雄』の冒頭で江藤は、「志賀直哉と夏目漱石の中間」に位置するこの批評家について、次のように説明している。漱石が発見した「他者」を、抹殺し去ることで書かれた『暗夜行路』（志賀直哉）の絶対化された「自己」を、検証するところからはじめたのが小林秀雄であると。

　つまり、彼の批評は、絶対者に魅せられたものが、その不可能を識りつつ自覚的に自己を絶対化しようとする過程から生れる。

　この「自覚的」に関して江藤はまた、小林以前に「自覚的」批評家はいなかったのだとも述べている。その意味するところは、「批評という行為が彼自身の存在の問題として意識されている」ということであった。こうしたことを堂々と語る江藤は、小林以降の問題として、批評が一つの作品行為として自立する前提として、それが批評家自身の「存在の問題」として、意識されていなければならないと考えていたはずだ。だがそれを、自覚的に批評の問題となし得た批評家が、それまで殆ど存在しなかったことも、彼は十分に知悉していた。

　前節で見た、「自己を語る用意なしに自己について語るものの猥雑さ」に対して江藤が表明した露骨な不快感は、結局、そうした自覚に無頓着な戦中派の、無防備な「私がたり」への反発だったとも言えよう。

　江藤淳が、小林の「Xへの手紙」の背後に『暗夜行路』があり、さらにそのむこうには『明暗』があると語ったとき、彼は小林以後の批評家としての自負から、志賀直哉によって抹殺され、小林によって二重に葬られた、漱石的な「他者」を伴った「私がたり」を、自覚的に復活させようとしていたのだ。江藤淳の批評はその切迫感ゆえに、自覚的に「他者」を絶対化する方向に舵を切ることになる。

さて江藤が、小林以後の批評的パラダイムに自覚的に再導入したこの「他者」は、批評家にとっての自意識の問題のみならず、やはり「存在の問題」にもかかわる「他者」であったと考えられよう。その江藤淳的な「他者」とは、世俗的な「他者」一般であるとともに、身近な「死者」と最も親密な関係を築きうる、特異な二重性に支えられてある生きた「記号」だった。あるいは、そのように強いられた、生々しい表象だったのである。

江藤淳の批評は、いつも〝死者たちの棲む国〟からの遠近法で、俗なる現実界を透視したような他界性を備えていた。またその自覚的な虚構の仕組みから、彼の批評文に固有なリアリティの一切が備給されているかのようだった。非在の死者の「存在」を過剰に意識した者が、批評の主体性を一旦そちら側に拉致され、その他界的官能からの覚醒の過程で全てが着想される。かつて江藤は「もしこれまでの私の仕事に何かの意味があるとすれば、それは文芸批評に「他者」という概念を導入しようと努めたことだろうと思う」（「文学と私」）と語ったが、その「他者」は明らかに半身を他界に浸していたのである。

ただ彼は〝死者たちの棲む国〟に閉じこめられ、死の影の包囲に怯えているのではない。そうではなく、余りにこの別世界に親和する自身の資質から、「猥雑」な現実の生を覗き見た驚きに怯えているのだ。他界から眺められた生と、現実界から眺められた死のディアレクティクな関係を、江藤の批評はその最良の部分で脈動させる。

江藤にとって、むしろ死は容易であったのだ。それに親しむことが不純と感じられたのは、その官能的愉悦を、罪深きものと意識したからにほかならない。無防備に死の影と戯れる戦中派を拒否し、自覚的に生きることを選択した江藤は、この不純な死を超克するために、「猥雑」な生を飛躍的に「健康」なものに浄化する強迫観念に捕えられる。自覚的に「他者」=「死者」を絶対化することで、だが生の「猥雑」さもまた増幅されるしかないのだ。そこで彼は、「健康」な「他者」=「死者」の「声」を再現すべく、他界と現実界との虚構的コミュニケーションを、批評の課題として追求し続けるのである。

この時、江藤的批評世界を覆いつくす「死の影」の肥大とともに、厳重に管理された彼自身の「死の欲動」は、「母」に置き去りにされた「子」の、悲劇的に「過剰な生への欲求」と、絶妙な緊張を保ちつつ、健康な「私がたり」の物語的な虚構性を高めていった。この批評における物語性の獲得が、戦後批評に新段階を画する江藤淳のもう一つの新しさだった。江藤淳は、「善良な夢想家」のようにではなく、自覚的に自己を語り、自覚的に「私」に執着する批評的な物語性にその散文精神を預ける。彼が批評における「写生」=「描写」の必要性を強調し[4]、「地声」の小説を宣揚(『自由と禁忌』)したのもそのためである。

つまり彼の批評世界には、その俗なる「私」を超越したメタ・レベルが、「死者」=「他者」以外には存在せず、平面的な日常生活の世界は、常にその「死者」=「他者」たちに脅かされながらも、江藤的な批評言語の供給源として健康な状態に浄化されている必要があったのだ。

ところで、その批評言語の「健全」な自己管理にもかかわらず、江藤自身の言葉は、自覚的であると否かにかかわらず、脱戦後的な「猥雑」さの圏内に引き込まれてゆく。六〇年代以降の高度経済成長期の日本の現実がそれなのだが、その痛々しい〝成果〟でもある『成熟と喪失』の方へ屈曲する前段階で書かれたのが『小林秀雄』だった。この作品は、江藤淳にとってまさに危機的な六〇年代を予徴する、記念碑的労作だったのである。

『作家は行動する』とは別の位相から、改めて小林秀雄を語る江藤淳は、まず「父と子」といった物語的な布置の中に、この批評精神を捕獲しようとする。もっともそれは、考えられるほど単純な図式への、批評精神の還元ではなかった。

「彼は二十歳にして子であると同時に父の役割を果すべき立場にあった」。この一文は甚だ示唆的である。内なる「父」と「子」の一人二役の葛藤。江藤は、小林の名高い青春の物語を、自己完結的な内部世界の劇にとどまらせることなく、直ちにそこから中原中也、富永太郎を交えた「聖三位一体的な精神の構図」を抽出する。ここから「無垢」なる「子」の典型（中原・富永）たちと、自らの「不純」さに耐える「父」（小林）という、鮮やかなコントラストが描き出されるのだ。

こうした物語を追認＝作為しながら江藤は、無垢なる子が排除した俗なる「日常生活の倫理」、すなわち散文的な「猥雑」さを所有することの批評的特権に目覚めていったはずである。例えば中原中也の中に、「粗野で文体を持たない志賀直哉」を見出したときの小林の秘かな「衝撃」を想像する江藤は、対象との距離の零地帯に投げ込まれたこの知的な野生児の禍々しい影を、余裕をもって眺めているのだ。だがそこでは、小林が批評家になるためのもう一つの条件がなお語り残されていた。江藤淳はここで、「猥雑」の極みとも言うべき要素を、小林秀雄という批評家の誕生に不可欠な条件として、劇的に語り始めるだろう。

　彼は富永に対しても中原に対しても批評的な位置にいたが、このような状態で人は批評家になりはしないのである。自覚はこのあとでおとずれる。彼は中原に対する「嫌悪と愛着の混淆」から、突然中原と泰子との「奇妙な三角関係」になげこまれ、そこから出て来たとき批評家になっていた。彼は人間を発見したが、それは、「憎み合ふことによつて協力する」という葛藤のただなかにおいてである。

　言うまでもなくこの「奇妙な三角関係」は、日本近代文学史上の最大のスキャンダルであった。だがこの神話的な「三角関係」を、物語的に「奇妙」にしたのは、小林秀雄ではなく実は江藤淳その人なのだ。

「自意識の敗北」のあとにおとずれる、批評家としての「自覚」！　中原の「一種の神聖な錯覚」を相対化し得るものは、ただそれだけだったのか。ならば江藤は、小林の「自覚」は中原の死後にしかおとずれなかった、と書いてもよかったはずだ。小林は、ただこう語っていただけである。

女は俺の成熟する唯一の場所だつた。書物に傍線をほどこしてはこの世を理解して行かうとした俺の小癪な夢を一挙に破つてくれた。と言つても何も人よりましな恋愛をしたと思つてゐない。（「Xへの手紙」）

だが江藤はこの「奇妙な三角関係」の収斂する場所に、「女によって」批評家になった小林秀雄の「自覚」、すなわち「成熟」の断念を見るのだ。「女によって成熟を断念しえた」批評家。この規定の裏には、勿論それを断念できなかった江藤淳という批評家の不幸の自覚が、折り重なっている。そうできなかったのは、彼が「女」ではなく「母」によって批評家になった人間だったからだ。

それによって彼は、成熟を断念できない「子」であり続けるしかなくなるのである。この痛烈な自覚から江藤は、あの新大久保の納戸の世界に通じる甘美な夢の中の〞「母」の「子」〟と、その夢を断ち切る成熟した「大人」の一人二役を演じながら、絶えず〞「父」の「子」〟である自分自身を、不健康な「子」として自己否定し続けるという、悪循環的なファミリー・ロマンスにのめり込んでゆくのである。

江藤が隠蔽するのは、「男」でも「女」でもあり得る「子」と、「男」でしかあり得ない「父」の絶対的な差異である。それをジェンダー抜きのエディプス的「役割」に還元する江藤は、ことさら小林の「奇妙な三角関係」を、物語的に詮索するしかないのだ。小林はこの江藤の病的な勘ぐりの根深さを、真に恐れていた節があるが、それはここではこれ以上問題にしない。

中原が粗野な「子」であったのと同様、泰子もまた「子」に属している。彼らの世界と交渉を持とうとすれば、小林は加害者になり切るほかはなく、それは泰子の錯乱によって償われる。つまり、ここにいたって、自らの内にある「父」からの解放を求めて泰子に賭けた小林は、その泰子の「子」によって復讐されることになる。

そうかもしれないが、そうでなかったかもしれないのだ。では江藤は、小林が「父」と「子」の二律背反がもたらすこうした「不毛」を、どのようにして抜け出たと考えたのであろうか。やはりそれは「父」ではなく、「純粋」な「子」への回帰によって、「自己を正当化する支点を発見」したことによってであると、江藤は語るであろう。もとよりそれは、江藤が小林秀雄のアキレス腱を握った瞬間だった。だが、そこに江藤のアキレス腱も否応なく曝け出される。江藤は勝ち誇ったようにこう語る。

「この支点をさぐりあてたとき、逆に「生活」は彼の手からこぼれおちた」と。そのこぼれおちたものを「日常生活の論理」によって、拾い上げるのが江藤淳の批評である。逆にこの支点を江藤が獲得したとき、彼は「生活」がこぼれおちたとき、小林の「他者」は抹殺されたも同然であると、断罪することができたのである。

このような認識に到達した小林から他者が消え失せるのは当然である。「愛」が「意志」に変質してしまえば、「愛」というものの実質もまた滅びるからだ。泰子への「愛」に耐えるすべは「意志」にしかなく、「実生活」のなかにいる他者に忠実につきあおうとすれば、この「意志」は崩壊するほかはない。小林秀雄は他者をすてて「意志」についた。これは彼が怯懦なためではない。むしろ彼の「魂」が繊細にすぎたためである。

こうして「他者を抹殺した小林」という、江藤淳にとっての勲章のような主題が、『夏目漱石』と『作家は行動する』の結合として、ここに定着することになる。江藤は小林の初期未刊行文集から、彼の「純潔」を保証する「死」について語り、「他者」を、「社会」を、「歴史」を超越＝抹殺しようとする彼を、「裏返された『白樺派』」と呼びさえするだろう。これは江藤の小林に対する、周到に考え抜かれた必殺の結語であった。

しかし江藤はある面で、自身の描いた小林像に縛られすぎていたのだ。三角関係の泥沼から這い出し、批評家になった小林は、同時に「自殺の論理」を編み出し、「死」を所有した無敵の批評家に見立てられる。

「人の為に働くか、或いは自殺するか」。たとえ若き小林秀雄がそのような問いを立てたからといって、彼は江藤淳ほど深刻に、「死の欲動」を飼い馴らしていたわけではあるまい。小林の「純潔」

に過剰反応する江藤は、それほどまでに「死」を「不純」なものとして、批評空間から排除しなければ、「健康」な生が保証されないという自らのアキレス腱を、ここで無意識のうちに曝しているのである。

「死」への超越を禁忌にするために、あらゆる超越への意志を禁じ手にし、水平的な「日常生活の倫理」に批評の基準を一元化したとき、皮肉にも江藤の「他者」性のダイナミズムを支える、「他界」と「猥雑」な現実界の批評的な相互浸透は停滞するのである。それはこの批評家の生々しい言葉の運動が、機能を低下させることと同義だった。その江藤の衰弱せる言葉が、小林の「純潔」の強度に猛然と反発するのである。また一方で江藤は、「死」を所有した小林に執拗に嫉妬せざるを得ない。

　自殺者は「死」に身をゆだねるものである。しかし、「自殺の理論」を完成したものはすでに「死」を所有している。

江藤はそれまで人が見ようとしなかった、若き小林の「凄惨な劇」、とりわけそれとひきかえに所有するに至った「死」に注目する。「死」を所有する批評家という主題。言うまでもなくこの時、「死」を所有し損なった批評家は、ヘーゲル的に言うなら、それを所有する「主」にたいする「奴」の位置に転落を余儀なくされるのである。

江藤は小林秀雄と、宮本顕治に代表されるプロレタリア文学者との関係を、そのような「死」を所有するもの（＝主）と、「死」に所有されて無惨に解体していくもの（＝奴）との劇という視角で捉えていた。周知のように一九二九年（昭和四）、「様々なる意匠」が雑誌『改造』の懸賞論文第二席に当選したとき、第一席になったのは、宮本顕治の芥川龍之介論「敗北の文学」であった。江藤はここで小林の所有する「死」が、宮本的なマルクス主義の「善意の理想主義」に対置されていたという、思い切った解釈を提示している。つまりここで演じられていたのは、「現世の人間的責任の体系」と「死」への情熱——「純潔への意志」との劇であったと。

確かにそれは穿った見方ではあろう。だがここで重要なのは、例えば江藤が宮本顕治に対する小林の批評的な絶対優位性を、事後的に検証していること自体では全くないのだ。問題はそこに示された、江藤ならではの方法意識である。江藤が「敗北の文学」にコミュニスト宮本の若い情熱を読みとったのに対し、小林の語調にはそれが認められないと語っているのは、特に重要であろう。成熟を断念したはずの小林の言説に、「若さ」が認められないのだとするなら、では彼が所有する「死」とは、いかなる性質のものだったのだろう。江藤はこう述べている。

宮本顕治には青春と、青春のものである美しい錯覚があった。つまり、「死」への情熱を「生」への情熱と誤認し、孤絶への意志を連帯への意志と誤認するような錯覚が。しかし小林秀雄は、このような錯覚を持ちえぬところから、宮本にとっての青春が終ったところから出発していたのである。

断っておかなければならないのは、小林と宮本の関係を、このように「死」と「生」への情熱をめぐる「青春」の物語に還元する江藤の方法自体が、避け難く「猥雑」なるものにまみれてしまっていることだ。「健康」に「猥雑」を排除することで成り立つ、江藤的批評が常にその批評空間に、「猥雑」を呼び込まなければならない逆説的必然性がここにある。彼はここで、「死」を所有した小林秀雄に対して、芥川の死にパセティックに反応した宮本の「素朴」な文体に、やはり唾棄すべき「猥雑」さを発見していたのだ。

すると「猥雑」ではない小林の文体は、宮本的な素朴さとはおよそ対極にある、「禁欲の鎧」におおわれたロマンティシズムの相貌をもって現れてくることになるだろう。[5] これは後に江藤が、漱石の嫂・登世への禁忌の恋を背景に、「薤露行」を中心とする初期作品と、アーサー王伝説との関係の比較文学的研究を試みた（『漱石とアーサー王傳説』）際の主題に近接するものである。つまり江藤はここで、小林にまつわる「猥雑」の影を徹底的に排除し、彼をそうした「純潔」な文学的主題の所有者に仕立てているのである。宮本の「猥雑」なロマンティシズムに対する小林の「禁欲」は、江藤によって「自らの内なる「死への情熱」に耐えようとするものの実践」への「純潔」な意志に染め上げられる。

情熱は禁欲によっていよいよ昂まる。そして彼の「夢」とはまっしぐらにあの夜の世界をかけ降りようとする欲求にほかならない。だが、その「夢」を彼は「懐疑的」に語らねばならない。何故か？　「純潔」が――彼が漸くわがものとしえた「子」の純潔が、あからさまに語ることによって汚れるのを恐れるからである。彼が書くのはあの情熱――死への愛――を人眼からへだてるためである。あるいはたかがそれを象徴としてのみ語るためである。

江藤淳はここで小林について語っているのか、それとも自分のことを語っているのか。確かにそれは、江藤自身のことではなかったのだろう。何故なら彼は、「死」を所有した「主」ではなく、四歳で亡くした「母」の、「純潔」な「死」に所有された「奴」＝「子」でしかなかったからだ。その「純潔」から見放された哀れな「子」の悲劇を、あからさまに語ることによって、さらに「純潔」から決定的に隔てられることを、彼は最も恐れた。江藤淳はここで、「純潔」になろうとする「子」の不可能な「夢」を、「懐疑的」に語らねばならない批評家になった。そのために彼は、小林とは別の「禁欲の鎧」を必要としたのである。

いずれにせよ彼はこの「禁欲の鎧」によって、語り得ぬものをあえて語ろうとした批評家だった。「母」の「声」を、いまここに召喚すること、その時おそらく彼は、奇跡的に「母」の「死」の「純潔」に同化した、汚れなき「子」の物語を漸く獲得できるだろう。この不可能な「夢」を江藤は、懐疑的に語り続けたのだ。それが「死」に所有された「奴」＝「子」に課せられた宿命的な実践

＝労働だったのである。小林に託して江藤は、この「宿命」にむかっての実践、「死への情熱」にかりたてられての実践こそが、批評にとっての最後の生命線であると語るだろう。

その実践の前では、マルクス主義文学者のいわゆる「目的意識」や「時代意識」は、「死への情熱」を昂めるための障害、単に「生への情熱」にかりたてられた自己欺瞞的な「意匠」にすぎないということになる。さて、この実践の論理が無敵の装いを持つのは、ひとえにそれが、「猥雑」な「目的」を排除した「自己放棄」を含むからなのだ。ここでの「自己放棄」とはまた、最終的な生の跳躍としての「死」を、小林秀雄が思いとどまった南方の島の絶壁からの跳躍（＝自殺）という、江藤によって発見された物語を含む。小笠原諸島の「青い空」と「紺碧の海」、江藤は小林の「遺書体」の初期草稿の断片から、「青」の主調音を引き出し、その持続と反復を以後の作品からも読み込もうとする。小林の「自己放棄」に強くこだわった結果、江藤の小林像は、ますます透明でロマンティックな虚構に近づきつつあったのだ。

ところでこの「自己放棄」の反対概念は、「死への情熱」の障害の最たるものとされる、不透明な「自意識」ということにもなろう。江藤はその「猥雑」さにも到底耐え得ない。「自意識」は、人を実践に導きはしない。「人はこれを超えて自らの「死」につくとき最高の実践を行うのである」――何やらこれは物騒な表現でさえある。だがその垂直的な実践の断念から、水平的な「日常生活の倫理」への散文的な回帰＝転回にこそ、江藤淳という批評家の社会的な存在意義があったのではなかったのか。

しかし、江藤が「白樺派」の末裔と見定めた小林秀雄の「可能性の中心」は、それとは逆に、垂直的とも言える「純潔」な拒絶の理論＝「自殺の理論」の完成によってもたらされたとされる。小林は「ほかならぬその理論の完成によって自らを社会化した」と、江藤は語っているからである。

いわば彼は拒むことによって参加し、絶対を掌中ににぎることによって相対的な場に加わり、「歴史」と訣別することによってより大きな「歴史」に出逢っていた。

では、そのように「歴史」と訣別できないマルクス主義者は、何時までも大文字の「歴史」に出逢うことなく、ついには「猥雑」な目的意識の奴隷に成り下がるしかないのであろうか。そう、またしてもここで、小林は「父」なる「主」で、粗野な内面の「無垢」を持て余すプロレタリア文学者たちは、歴史的に「子」なる「奴」の位置に転落させられるのである。

4　『小林秀雄』の批評精神

ところで江藤淳はこの左翼陣営の代表者の資格を、至当にも宮本顕治ではなく中野重治に負わせていた。そして、「理論」と「実践」の「統一」を最も真摯に生きた中野は、「死」を所有しない「人格」によって、その「統一」を支えていたと言う。ここに「父」と「子」を分かつ、歴史的運命の岐路があったのだ。

自らの「死」を所有しない「人格」と「死」を所有する「自意識」と。この落差が、とりもなおさず、小林の体験した「近代」の深さであった。やがてマルクス主義者たちは、この落差をまっさかさまに落下しなければならない。

これが江藤淳の眼に映った、日本近代史上の典型的な「子」＝「奴」たる左翼の「転向」、すなわち歴史からの垂直的な「落下」＝「転落」の悲劇的な構図だったのである。もちろん彼らは、歴史上の「猥雑」なる「子」でしかあり得ず、それは「子」の純潔を確証する小林の位相とは根本的に異なっていた。江藤は「彼のなかの「子」を確証しえたとき、かえって小林がマルクス主義文学者たちに対して「父」の姿勢をとりえた」と語っている。「純潔」を確証した「子」だけが、「主」たる「父」を演じることができるからだ。既述のとおり小林は戦後に至り、「純潔」な「子」の無垢（＝無罪）に居直ることなく、潔く「父」の「罪」を引き受ける覚悟を示したのである。『近代文学』派という、戦後文学の申し「子」のような存在たちの前で。

その同人でもあった平野謙、本多秋五らが、戦後の左翼高揚期に持ち出してきた、「昭和十年前後」の「人民戦線」の可能性――具体的には小林が左翼全面崩壊の時期に『文學界』同人の拡大によって脱イデオロギー的な人民戦線の結成を意図したという大胆な仮説――の裏打ちとして、希望的観測を交えて小林を恣意的に利用したことに、江藤淳は正面から反発している。「青春の荒廃」(『群像』一九六二年四月号)という、『小林秀雄』と相前後して書かれた論考でも、江藤はこの問題を取りあげて平野らを論駁しているのだ。

例えば平野の「昭和十年という時点」への偏執は、取りも直さず昭和初年の「充実した青春」の荒廃の結果ではないか、と江藤はそこで述べている。もとより江藤はプロレタリア文学運動を、「青年たちの心を根こそぎにしていったひとつの強力なロマン主義の運動」と見ていた。これは江藤に一貫した姿勢である。しかもそれは、閉鎖的なロマン主義の後に来る、「社会」という思想をひっさげた「行動的ロマン主義」だったというのだ。その波の引き際に「青春の荒廃」という現象が起こったのだと。

ところで、こうした江藤の認識は、「左翼」の敗北(=転向)が何故「成熟」のきっかけになり得なかったのかという疑問に発していた。そうした特殊な「青春」の切断によってこそ、「成熟」がもたらされるのではないのかと。だが例えば平野の青春に対する偏執は、積極的な「成熟の放棄」と裏腹の関係にあったのではないか。

戦後の「平和革命論」の追い風に乗って、「昭和十年前後」の「左翼」=「青春」の物語が、歴史的に回帰してきたことに江藤は苛立ち、嫌悪感を露わにする。「戦後という時代を生きようとはせずに、戦後という時代を背景にして昭和十年代の追憶に生きようとした」人間たちの描く小林像が、「虚像」でないはずはない、と江藤は言うのである。彼は、昭和十年代の日本に小林が見ていたものが、およそ「人民戦線」の可能性などとは別のものであると語ろうとするのだ。それどころではなく小林は、「思想」が「人間」を侵蝕して「近代日本の知識人の病根を一挙に露呈する」奇怪な劇を目の当たりにしていたのだと。

厳密にそれは、小林秀雄にとってのマルクス主義的主題ならぬ、ドストエフスキー的な主題の現前だったのである。『罪と罰』のラスコオリニコフをも捉えた、「国民とインテリゲンチァとの間の深い溝」、それは「昭和十年前後」の日本にも深刻な問題として存在した。この、「昭和十年代の日本の文学者の眼前にひろがっている、しかし誰一人その存在に気づいていない」現実に覚醒したとき、小林は正宗白鳥のような「自然主義」派とマルクス主義文学者の双方と対立せざるを得ない。白鳥との「思想と実生活」論争の射程を、江藤はそこまで拡大して見せる。

重要なのは、ドストエフスキーを摑んだ小林が、マルクス主義の隆盛と敗北を通過した「父」なる「主（体）」であったことだろう。当時の奇怪な「現実」の立ち現れに、卑小な凡人の「実生活」しか見ようとしない白鳥に対し、小林には「思想」に憑かれ、破壊された「人間」の存在を明らかに認識できていたのだ。「それをどうして認めないか」と。

小林には、こういう人間が、彼の同時代にいたってはじめて近代日本に出現した人間だと思われた。実はこういう人間は明治初期にもいたはずであるが、ともかくこの現実を無視して、どうして現代人の謎が解けるか。

ここは江藤淳の『小林秀雄』の白眉をなす部分である。続けて彼はこう語る。

同時に彼は、マルクス主義文学者たちの、これとはうらはらの現実蔑視にも耐えられない。現実蔑視は、すでに「転向小説」がふたたび私小説たらざるを得なかったという皮肉によって報われているが、小林はおそらく、「思想」に侵蝕されるという稀有な体験をしたはずの作家が、どうして旧態依然たる私小説に安んじていられるか、といいたいのである。「思想」という、「壮大にして且無気味なる」生き物が、自らの「人間」をすでに喰い荒してしまっていることになぜ気がつかないいか。実はもう素朴な「私」などはどこにもいないのだ。そのときそこにうかび出る自らの奇怪な「表情」――それが描くに足る現実であり、それを描くことが「私」を「社会化」するみちではないか。ここに、「思想と実生活」論争や「ドストエフスキイの生活」が「私小説論」と交叉する点がある。小林がそのことを、自らの「夢」と「思想」とを二重映しにしながら語るのは、彼自身の「私」がそのようにして「社会化」されているからにほかならない。この声が、「思想」を仰ぎみている同時代作家たちには伝わらなかった。彼らは街を歩いているのが人間ではなく小ラスコオリニコフ、小スタヴロオギンであることを、そして彼ら自身もまたそうであることを認めようとはしなかったのである。

江藤はまたその「奇怪な光景」が、「そのまま今日のわれわれの眼前にあること」が、小林が依然として現代文学の世界にあっての「父」なる「主（体）」であり続けている何よりの証左であることを示唆している。

ではその「奇怪な光景」の正体とは何だったのか。それは、「思想」の「実生活」に対する優位などという、小林的批評の世俗的勝利を物語る「素朴な定式」のことではない。むしろその背後にある、心理的「倒錯」の現実的な露呈ではなかったか。「観念や空想が現実より現実的に感じられるという心理的倒錯」！「『悪霊』について」で小林秀雄が語ったラスコオリニコフの殺人事件の特徴である「空想性」、あるいはネチャアエフ事件[6]に見られる「極端な観念性」、それが近代日本の「奇怪な光景」の根底にあるものだった。江藤は「このような倒錯は、「若い文化」のなかでしかおこりえない」と語る。

　ここでは空想と現実、観念と実在の接点は明瞭でなく、政治的行動は奇妙に文学的な衝動によってつらぬかれ、文学的世界には奇妙に政治的な現実が侵入して来る。小林が周囲に見たのはこういう光景であって、この現実に「成熟した文化」のなかで完成された文学理論を移植することの無意味さ、こっけいさは自明であった。そこでは「思想」は思想に構成されるひまもなく生きてしまうのであり、空想や想像は文学的、芸術的秩序をあたえられる前にうごめいていってしまうのである。渇望のあまり激しさが、すべてのものに成熟を許容しない。「思想」

も「想像」も、あるべき場所におちつくよりさきに崩壊して行く。

先に言及した「昭和十年前後」の文化的混乱は、全てここで語られている問題に帰因していた。しばしばそれが、「政治と文学」という終わりなきテーマの反復として現れたのも偶然ではない。平野謙は戦後になって、単純にこの問題機構を時間的に遡行していったのだが、すでに戦時期に現れていた「近代の超克」という思想テーマ自体が、この問題に直面した知識人たちの危機を浮き彫りにしていた。

しかも彼らの「近代」への危機感が深刻だったのは、それが歴史的時間性にかかわる問題であるとともに、空間性にかかわる問題でもあることが、直覚されていたところにあった。「昭和十年前後」とは、まさにそのような思想的な空間性を内包した問題機構だったのである。平野のように時間性への一元的な還元が、許されない所以である。

ところで、近代日本にとってのこの最大の難関は、戦後にも日本的「ポスト・モダン」の課題として回帰してくる。小林はそのような言葉を一切使わずに、「成熟した文化」のなかで完成された文学理論を移植することの無意味さ、こっけいさの先の問題にまで言及している。「ゴッホの手紙」の「序」の次の部分である。

近代の日本文学が翻訳文化であるといふ事と僕等の喜びも悲しみもその中にしかあり得なか

つたし、現在も未だないといふ事とは違ふのである。どの様な事態であれ、文化の現実の事態といふものは、僕等にとつて問題であり課題であるより先きに、僕等が生きる為に、あれこれ退つ引きならぬ形で与へられた食糧である。

これが「成熟した文化」を翻訳して移植することの、無意味でもこっけいでもない一面である。そして直ちにこの問題は、日本的な思想・文化の構築と脱構築というポスト・モダン的なテーマに接続してくるのである。構築のための努力以前に、つねに、そしてすでにスノビッシュに脱構築された文化が、「生きてしまう」というパラドックス。その秩序が整う以前に、「うごめいて」いってしまう不可解な構造。

だからますます我々は「成熟した文化」を移植しなければならないという強迫観念に囚われるのであり、その「渇望の激しさが、すべてのものに成熟を許容しない」という、悪循環を無限に生み出すのだ。さらにこうした悲喜劇的な文化上の〝世界交通〟が、もはや人々に「移植」という観念さえも呼び起こさないほどに「自然」に受け入れられるようになった頃、ポスト・モダンという名のもう一つの「奇怪な光景」に、我々の文化が直面しつつあったのは、そう遠くない過去のことである。

だがそれにしても、小林が白鳥の「実生活」に対して擁護しようとした「思想」の背後には、モダンとかポスト・モダンといった「知性のシステム」（江藤）を超えた、もっと獰猛で繊細な何かがありそうである。江藤淳はそれを、マルクス主義文学者たちの「進歩的人道的唯物論」の「善」に対比される、〝「邪悪な」力〟と呼んでいる。

「思想」とは「悪」である。「知性のシステム」という「思想」の仮面の下では「悪」が息づいていている。小林が指示しているのは、「知性のシステム」の現実性——「思想」の救済力の現実性ではない。その破壊力、「邪悪」さの現実性である。

だが江藤はその「邪悪」さが引き寄せる「猥雑」なるものを、小林の批評が排除せず、その不透明さを野放しにすることで、「父」なる「主（体）」の「罪」に耐えていたことを一顧だにせず、またしても「悪」の底に秘められた、「トリスタンの歌」の絶唱[7]を読者に喚起する。かくの如く小林秀雄の批評言語にあって最もアンチ・ロマン的な要素は、江藤の手にかかると、「禁欲の鎧」の下に秘められた、最もロマンティックな要素に還元されてしまうのである。

『体験』と『責任』について」で、戦中派知識人の悲憤慷慨調のロマンティシズムを、その「猥雑」さへの不快感から否定し去った江藤のアンチ・ロマン派的言説は、ここで小林に対して全く逆の作用を果たしていたのである。

あるいはまた、真珠湾攻撃の航空写真を見ての小林の感想（「戦争と平和」『文學界』一九四二年六月号）に、再びあの十五年前の小林の眼前に広がった、死に接近した光景——小笠原の南崎の断崖から眺められた光景――を重ねずにはいられぬ江藤の過度にロマンティックな感性も、特筆の必要がありそうである。かつて『作家は行動する』で展開された小林の「負の文体」批判、そうしたブッキッシュな小林批判に代わって、ここではより情動的な言い回しによる、小林像の批評的象嵌《ぞうがん》が終わりに向かって進行してゆく。

江藤は戦時期の小林が「明晰なかたちをした自己の「死」にむかって、一歩一歩近づきつつある」と語っている。だが、江藤の引いた小林の「戦争と平和」と、例えば今日容易に眼にすることができるようになった[8]同年の「三つの放送」(『現地報告』一九四二年一月号)を読み比べてみると、十五年前の風景と重ね合わされた「死」への接近というお誂え向きのテーマが、江藤的なロマンティックな幻想にすぎないことが明らかになるだろう。

「戦争と平和」で、爆撃機の勇士たちの眼に映った光景について、小林は「雑念邪念を拭ひさつた彼等の心には、あるが儘の光や海の光の姿は、沁み付く様に美しく映つたに相違ない」と語っている。

ところで「三つの放送」では、小林は末期の眼をもって「死」に向かって、一歩一歩近づくどころか、「戦争」という「享楽」と反ロマン主義的に戯れてさえいるのである。これが「父」なる「主(体)」が戦争にコミットすることの真の意味である。「戦争」に対する小林の覚悟と、「罪」の自覚もそれと別ではないのである。

やがて、真珠湾爆撃に始まる帝国海軍の戦果発表が、僕を驚かした。僕は、こんな事を考へた。僕等は皆驚いてゐるのだ。まるで馬鹿の様に、子供の様に驚いてゐるのだ。だが、誰が本当に驚くことが出来るだらうか。何故なら、僕等の経験や知識にとつては、あまりに高級な理解の及ばぬ仕事がなし遂げられたといふ事は動かせぬではないか。名人の至芸と少しも異るところはあるまい。名人の至芸に驚嘆出来るのは、名人の苦心について多かれ少なかれ通じていればこそだ。処が今は、名人の至芸が突如として何の用意もない僕等の眼前に現はれた様なものである。偉大なる専門家とみぢめな素人、僕は、さういふ印象を得た。

太宰治が『右大臣実朝』に書いた、「アカルサハ、ホロビノ姿デアロウカ。人モ家モ、暗イウチハマダ滅亡セヌ」というのが真実なら、確かに小林は「自己の「死」にむかって、一歩一歩近づきつつ」あったのかもしれない。だが、この「みぢめな素人」の「驚き」は、やはりどこか逞しく生命的な「猥雑」さに満ちている。そこには、ロマンティックな要素は殆ど見当たらないと言ってもよいだろう。もう一つ、ここでの語り口は、小林が実朝を論じた言葉(『無常といふ事』)を使うなら、「深い無邪気さ」や「無邪気な好奇心」に通じ、また「極端に言へば子供の落書きのやうな」純真さと、「猥雑」さを兼ね備えていると言える。江藤淳は、何故かそこに眼を塞いだままだ。否しかし、それこそが、「父」の栄光と罪そのものだったのではないのか。『小林秀雄』で江藤は、こう語っていたはずではないか。

「父」というものは、日常生活においても内面的な世界においても、つねに威厳にみち、権力的で、「子」を支配する成熟した大人の複雑な相貌を示すものとはかぎらない。「父」はむしろ、しばしば単純なモラルによって「生活」する幼稚な俗物の顔をしている。だが、その「父」が「堪へて」いるのであり、父に幼稚な俗物を見た「子」たちは、「堪へる」ことを知らぬために、あるいはそれを免れているために、自らの複雑さ、成熟を過信するのである。

ここに描かれた「父」の栄光と罪に小林秀雄は、戦後まで耐えたのであり、それは彼が「生活」する幼稚な俗物の「猥雑」さで、「戦争」を嬉々として肯定したことの「罪」に、終始たじろがなかったということだ。

江藤はだが、『無常といふ事』で語られた「死んだ人間の確かな形」(「当麻」)という思想の自覚的方法化という線で、小林の「死」への接近をあとづけていく。そこではまた、「仮面」にひそむ異常な力の体験も語られていた。「仮面」――江藤はそれを「死」の仮象と呼ぶのだが、明らかにそれは「猥雑」を排除するための様式に他ならなかった。彼は『無常といふ事』で取りあげた古典を、小林が被った「仮面」であり、この連作を「近代批評というジャンルのなかで試みられた一種の能のようなもの」と規定している。

ただし、江藤の言う「自己否定の契機を含んだ実在」である「仮面」はまた、「自己肯定の契機を含んだ仮象」でもあったのではないか。この意味で「仮面」は、「猥雑」のエントロピーに深くかかわって、小林の戦後の批評精神の持続を支えてもいたのである。「仮面」はだから、「父」の引き受けた「罪」の汚れを外部に排出する、安全弁の役割を果たしてもいたのだ。この両義性を見逃してはなるまい。

だが戦後の『モオツァルト』から、「自分の孤独を知らぬ子供のような顔」という一節を抜き出し、それを模倣しようとする小林を、一個の透明な「精神」の方へと回収しようとする江藤的方法は、いかにも「健康」的にすぎるだろう。日本の近代という「奇怪な時代」のあまりに鮮明な陰画が、そこに映し出されたとしてもだ。

『小林秀雄』の第一部を書き上げた江藤は、第二部連載（『文學界』一九六一年五〜十二月号）開始までの合間をぬって、小林と対談を行っている。(9) その最後で小林はこう言い放っている。「現代はおしゃべりの世紀なんだ。だからいったん黙ると、狂人のように行動するだけだ」。これが「猥雑」という、現代市民社会の厄介な属性を知り尽くした批評家の言葉である。これに対する江藤の応答の言葉は、だが無いのである。

『無常といふ事』の「深い無邪気さ」が抱え込む「猥雑」に無関心だった江藤淳は、「戦争」という〝聖なる「猥雑」さ〟にまみえることで、逞しく「健康」になっていった小林の透明な「精神」に秘められた〝「邪悪な」力〟を、なおこの論攷では測定し得ていない。彼がこのテキストで首尾よく排除した「猥雑」さと、本格的に戯れるのは後の『成熟と喪失』においてなのである。

第四章

「母」と「父」と「子」の物語

1 「成熟」と「喪失」

一九六〇年代後半は、戦後日本文学が最後の賑わいを見せた時期である。社会史的に見ると、戦後の市民社会が、本格的に大衆社会化状況に巻き込まれるのがこの時期だ。「イデオロギーの終焉」（ダニエル・ベル）などというのも、こうした市民社会の爛熟を象徴する〝キャッチ・フレーズ〟の一つである。日本の戦後「社会」は、東京オリンピック（一九六四年）後の高度経済成長の波に乗って、戦前的な「国家」の影をここで完全に払拭するのである。「歴史と文学」とか「政治と文学」といった問題機構が、急速に無意味に感じられ、無効を宣告されるのも、こうした大衆社会現象の帰結にすぎない。

そこで戦後を代表する主だった作家・批評家たちは、この戦後史の曲がり角で、ある種の文学的〝決算〟を迫られていた。江藤淳にとってそれに当たるものが、『成熟と喪失』という長編評論だったのである。「成熟」といい「喪失」といい、いずれも江藤淳という「母」なき文学者の、自己回復の「物語」に回収されるテーマに違いないのだが、それらは戦後の大衆社会化状況なくしては浮上するはずのない、「イデオロギーの終焉」以降の文学的なテーマだったのである。

因みにこの作品が『文藝』誌上に連載された一九六六年、「第一次戦後派」の代表格・野間宏は、ライフワーク『青年の環』の第一、二巻を上梓している。また第三の新人の遠藤周作は『沈黙』を著し、三島由紀夫は『英霊の聲』によって、後戻りの出来ない死への第一歩を踏み出している。

一方、文壇最左翼の吉本隆明は、『成熟と喪失』に対抗するような形で、同じ『文藝』誌上に『共同幻想論』を連載していた。文字通りここで彼は、「大衆社会」的な現象を全て括弧に括ったときに現れる、国家の幻想的な本質を思想的に抽出しようと試みたのである。一九八〇年代に至って吉本は、この括弧を外し、「大衆社会」的な現象として抽出しうる「共同幻想」の現在形を、「マス・イメージ」という言葉で回収しようと悪戦苦闘するのである。

他の文学者の動きでは、辻邦生、丸谷才一、小川国夫、加賀乙彦といった、後に江藤が「フォニー phony」のレッテルを貼って否定的な評価を下す一連の作家たちの活躍が目立つ。古井由吉、阿部昭、後藤明生ら「内向の世代」の作家たちは、まだこの時期、遅れてきた「新人」にすぎなかった。ともかくこれら戦後文学のオールスター・キャストが、ただ一度だけ一堂に会するのが、大衆社会化状況の中で「純文学」がなお輝きを保った、一九六〇年代後半の文芸雑誌というメディアにおいてだったのである。

『成熟と喪失』で江藤淳は、こうした文学世代の変遷、特に戦後文学史における「第一次戦後派」から「第三の新人」への移行を、世代論的に左翼大学生から不良中学生へのそれになぞらえている。そこで彼は、前者が「父」との関係で自己を規定していたとするなら、後者は「母」への密着に頼って書いたのだと述べている。重要なのは、ここでの江藤のアナロジーを可能にするための基盤が、この六〇年代後半を最後に、ほぼ全面的に崩壊してしまったことである。例えば古井由吉、阿部昭ら「第三の新人」の次に来る「内向の世代」になると、もはや江藤の述べたような、父―子、母―子関係が作品創造のエネルギーになることはない。つまりそれは、『成熟と喪失』に見られるような、社会工学的な図式化を可能にするエディプス的物語の存立基盤が、崩壊したことを意味するのである。

彼らの作品において特徴的なのは、「戦争」を背景にエディプス的な関係を食い破って、「子(供)」という奇怪な表象が、作品空間に突出してくることだ。「父の子」でも「母の子」でもない、「子」そのもののこうした存在論的な突出現象には、言うまでもなく「戦争神経症」(フロイト)による反復強迫の問題が絡んでいる。つまり戦後四半世紀近くを経た六〇年代の終わりに、戦地で直接「極限状況」を体験した大人たちよりもむしろ深刻な、当時の子供たちの「戦争神経症」が、漸くこの時点で「小説」という形をとって顕在化してきたのである。

小田切秀雄が、この文学世代の外部世界の現実への無関心に対する、ネガティブな評価をこめて名付けた「内向の世代」という呼称については、すでに論議は尽くされている。だがそこには、今述べたような肝心な観点が欠落している。いずれにせよ、敗戦から一九六〇年代末に至る戦後の日本文学には、大学生から中学生、さらに小さな子供へとエディプスの環が狭まるのに正比例して、主題的な積極性を失い、その分反比例的に作品の肌理《きめ》が細やかさを増し、戦争の影がより濃くなるという逆説が認められる。

安岡章太郎の表現を借りるなら、前世代のトラクターで地均しをした岩石のゴロゴロする道を、

「第三の新人」がもっと細かく手入れをして、花を咲かせられる土壌にしたとするなら、「内向の世代」(彼らは早すぎるデビューを果たした大江健三郎とほぼ同世代であるが)の文学は、整備された舗装道路をめくり返した、地下茎の文学だったのである。そこに直接描かれているわけではない、もうひとつの「戦争」を、陰画的な根茎とする「内向の世代」の文学は、その意味でも最後の戦後文学だったのだ。

坂上弘との『三田文学』を介した交友関係からも分かるように、江藤淳は文学世代的にはこの「内向の世代」の近傍にいながら、「第三の新人」の文学に最も親しく接した文芸評論家だった。『成熟と喪失』はその結晶のような作品である。彼はこのテーマを選択したことで、結果的に戦後文学史の物語的な終わりに立ち会うことになった。

では、ここでのテーマ「成熟」と「喪失」は、具体的にどのように語られていったのか。江藤はここで、戦後日本社会における「母」への密着の不可能を前提に、「〝母〟の崩壊」=「母性の自己破壊」という、近代化が招き寄せた「自然」破壊と緊密な関係にある母―子神話の解体を、安岡章太郎、小島信夫、吉行淳之介、庄野潤三らの作品に即して、社会工学的に照らし出して見せた。

個人史の上で実際に母(性)の喪失を体験した江藤淳ならではの、物語性に富んだ批評テーマと言うべきか。安岡の『海辺の光景』を論じながら江藤は、「子」にとっての「成熟」というものの感覚が、「喪失感」や「罪悪感」と切り離し得ないものだと語っている。

なぜなら「成熟」するとはなにかを獲得することではなくて、喪失を確認することだからである。だがら実は、母と息子の肉感的な結びつきに頼っている者に「成熟」がないように、母に拒まれた心の傷を「母なし仔牛」に託してうたう孤独なカウボーイにも「成熟」はない。拒否された傷に託して抒情する者には「成熟」などはない。抒情は純潔を誇りたい気持から、死ぬために大草原を行く「母なし仔牛」の群に、その仔牛のやさしい瞳とやわらかな毛並に自分の投影を見ようとするナルシシズムから生れるからである。いいかえればそれは、母が自分の手で絶ちきってしまった幼児的な世界の破片を、自分の掌のなかにいつまでも握りしめていたいという願望から生れる。しかし実は拒まれた者は決して純潔ではあり得ない。なぜなら拒否された者は同時に見棄てた者でもあるからである。そして自分が母を見棄てたことを確認した者の眼は、拒否された傷口から湧き出て来る黒い血うみのような罪悪感の存在を、決して否認できないからである。

江藤淳という文学者は、母の死によって砕かれた「幼児的な世界の破片」を、いつまでも握りしめていたいという止み難い「願望」を断念した人である。それにより彼は、純潔な抒情の直接的な表現に過剰に反応する批評家になった。その拒絶の強さにおいて、彼はしばしば感情を露わにしさえした。「拒まれた者」の受動的な抒情ではなく、批評という名の主体的な散文に江藤は賭けたのだ。その日常的散文の倫理は、「ぼくは拒絶された思想としてその意味のために生きよう」(「その秋のために」）と唄った吉本隆明の抒情の強度と、親和的な拮抗関係を保ち続けていたのである。ただ江藤淳は吉本より常に貪欲に、言葉が着地し得る具体的「現実」を志向するのだ。それが彼の散文的な〝投機精神〟であった。

『成熟と喪失』で江藤は、自らの内部にある喪失の物語と、厳然とその外部にある社会的な現実との間に、ある折り合いを付けようとしていた。アメリカという「他者」に出会った後の江藤の、「成熟」への切迫した意志である。一九六二年から約二年間のアメリカ体験で、江藤は「なしくずしの自己喪失」の危機（『アメリカと私』）を通過していたことを、ここで思い起こしておくべきであろう。江藤のアメリカでのジレンマは、「自己喪失」を免れようとするなら、「批評家という自己の同一性《アイデンティティ》に固執」しなければならないのに、言葉の障害と文化の異質性のために、あらかじめそれが無効を宣告されていたことにあった。江藤はその当時の危機について、切迫した口調でこう語っている。

私は、プリンストンに着いてから一カ月ないし二カ月のあいだ、確かに社会的な死を体験していた。（『アメリカと私』）

この言い方に文学的な誇張があるとは思えない。ただここで言う「社会的な死」が、おそらく日本にいては体験し得ない「死」であったということが、重要なのである。「成熟」と「喪失」は、そのような「死」から社会的に蘇生した江藤が、不可避的に引き寄せたテーマだった。問題はその「死」からの蘇生のプロセスである。江藤は「批評家という同一性」を放棄し、アメリカ社会に同化し、協調することで蘇生したのではない。彼はそれを「意識の底にかくされていた自分」=「自分が日本人として抱いている欲望」を自覚的に取り戻しつつ、「米国人になる」というより困難な道、言い換えるなら積極的な分裂状態に身を投じたのだった。

考えてみれば、私が、自分のなかの日本を取り戻して行く過程は、私が英語で暮すことに馴れて行くのとほぼ比例していた。(同)

このような形で、社会的な「死」から甦った人間は、帰国後の日本で意識的に stranger を演じ、改めて評論家という社会的 outcast に自己を投機し直すしかないだろう。それが三十代に入ってからの江藤の、批評的「自己顕示」のスタイルを決定した。

次に私たちは、江藤淳が「成熟を断念」した二十代半ばの小林秀雄の「老い」について語っていた(『小林秀雄』)ことをも、想起すべきであろう。文学的「青春」を所有した者を必ず捉える「老い」——小林的な「青春」を拒否して散文精神に就いた江藤には、そのような「老い」は決してやって来なかった。批評家誕生以前、江藤が堀辰雄に象徴される文学的「青春」と訣別したとき、すでに彼はそのような「老い」からも追放されていたのだ。この outcast の stranger は、特権的

「青春」からも「老い」からも疎外された、永遠に壮年であるしかない批評家だった。江藤にとっての「成熟」の物語的な生産性は、その永遠の「壮年」という、屈折した現実の仮構により備給されるしかなかったのだ。

彼は母の死を、母性からの最終的な失墜として受け止め、改めて拒否された「子」の物語を、純潔から見放された穢れ多き子の罪として主体的に背負い込む。こうして二重化された物語は、次に母を見棄てた者に与えられる罰を、「成熟」の名によって引き受ける「みなし児」の物語として完結するのだ。この手順により「第三の新人」の「小説」は、首尾よく江藤の「物語」に奪還＝回収されることになるだろう。「喪失」の物語に憑かれた江藤淳という批評家は、「成熟」という強迫観念を反復することで、ではいったい何を回復できたのであろうか。

否、むしろ彼はここから、否認できない「罪悪感の存在」に苦しまねばならなかった。「成熟」するとは、「喪失感の空洞のなかに湧いて来るこの「悪」をひきうけること」だと江藤は語っている。そして、「実はそこにしか母に拒まれ、母の崩壊を体験したものが「自由」を回復する道はない」のだと。

だから「母の崩壊」＝「死」に遭遇した『海辺の光景』の主人公が、結末でそれがもたらす「内部の空洞」を埋めるためにひとつの「光景」を、つまり「自然」を浮かび上がらせて終わることに、江藤は疑問符を投げかけずにはおれないのである。「自然」に就くとは、「純潔」を選んで「悪」から眼をそらすことである、と江藤は語るだろう。「悪」の自覚による「自由」を獲得し損なった安岡章太郎は、その分だけ「成熟」から遠ざかることになるのだと。
「内部の空洞」を、「光景」＝「自然」に託すことの出来る「純潔」を拒否し、「悪」を引き受けるとは、彼が「母」に拒まれた者であることの意識を、片時も手放さないということを意味する。江藤はここでもまた、あの浄瑠璃『信太妻』の口説きを読者に喚起させつつ、狐に変身して姿を消した母の葛の葉を慕う、安倍の童子に自己同一化を図っていた。

……「母」の拒否は子のなかにかならず深い罪悪感を生まずにはおかない。つまり自分が「母」にあたいしない「悪」の要素を持っているからこそ、「母」は自分を拒んだと思うのである。

これは、小島信夫の『抱擁家族』の作品分析の一節である。江藤は主人公・三輪俊介と、「母」の影であるその妻・時子の関係に説きおよび、俊介の妻に対する無限の寛容（三輪家にはジョージというアメリカ人青年が入り込んで来るのだが、俊介は彼を拒否できず、妻にも寛容であり続けた末、コキュになって狼狽えるのだ）が、彼自身のなかに「処罰されたい欲求」があるためだと説明する。ではその「罰」は、具体的にどのような形で、この主人公に与えられただろうか。
妻の姦通によって、俊介の内なる「母」は汚された。その後に彼は再度妻と肉体関係を持とうとするが、不首尾に終わる。だがここでも江藤は、事の顚末を「母」を拒み、その影である妻に反攻するという「悪」をおかした主人公の意識に還元しようと試みる。言うまでもなく、こうした解釈には、「罪」と「罰」の関係をめぐる尋常ではない転倒が含まれている。

だが江藤的な「成熟」と「喪失」の物語は、そのような転倒した関係の作為の上にしか成立しないのである。姦通の後の夫婦関係の修復の失敗、妻の悲鳴とあくびの余韻が空しく残る寝室――江藤にはこの「空虚さ」が、却って「濃密な実在感に充たされている」ように感じられるのだ。小説の主人公が、「成熟」と「喪失」を、「悪」と「自由」を同時に所有するのは、このときを措いてはない。

俊介はあきらかに決定的な喪失を体験している。しかしこの「喪失」と「悪」の感覚とが、どれほど周密な実在感に充たされているか。それこそ俊介がはじめて味っている「自由」の感覚である。

『成熟と喪失』をさらに読み進めると、この「自由」が、官能的な「母」の声に呪縛された「子」の「不自由」の謂いでもあることが、徐々に明らかになるだろう。何故なら江藤は、八方塞がりの三輪俊介が自殺しないのは、ただ記憶の奥底から聴こえて来る『信太妻』の《恋ひしくば訪ね来てみよ和泉なる信太の森の怨み葛の葉》の声に、本能的に結ばれていたからだと述べているからである。こうして俊介は、もう一度「母」に捨てられた「子」という役割を引き受けて、「家の中をたてなおさなければならない」と、散文的な決意を胸に秘めて歩み出すというわけである。

絶筆『幼年時代』で江藤が、遺された母の手紙を読みながら、その「声」を再生させるという危機的な批評行為に手を染めた経緯については、すでに触れた。もとより、『抱擁家族』のどこを叩いても、三輪俊介がそのように「母」の「声」に呪縛されていた痕跡は全くない。全ては江藤の批評的作為の産物なのだ。ただし、この主人公が「家の中をたてなおさなければならない」という、優れて散文的な決意に燃えて、小島的な〝笑い〟を誘発しさえする、涙ぐましい日常的努力を重ねてゆくことは事実で、癌に侵された妻の〝再生〟への祈りをこめた新居の建築も、そうした俊介の意志の表れではあったろう。

「母」の崩壊から立ち直って生き続けるために、三輪俊介は「カリフォルニアの高原別荘のような家」を建てるのである。江藤は冷静にそれを、「沼のなかに家を建てるような仕事」と表現している。『抱擁家族』から三十年以上を隔てた小島の痛ましい長編『うるわしき日々』で、私たちはそれが単なる比喩ではなかったことを、残酷に告知されるであろう。有名な建築家が設計したその「高原別荘のような家」は、欠陥住宅だったのである。だが真に痛ましいのは、そのことではない。

この作品で「小島という老作家」は、『抱擁家族』で「主人公三輪俊介となる男」の語られざる部分を、微細に補っている。当然にもその後の『抱擁家族』の悲惨な日常が丹念に書き込まれるほど、『成熟と喪失』で江藤淳が描いた「物語」的な図式は大きく裏切られてゆくことになる。『抱擁家族』で大学生になりかかっていた息子・良一は、五十歳を超えているが、重度のアルコール依存症で入退院を繰り返し、家庭を崩壊させた末、「痴呆をともなうコルサコフ氏病」の障害を持つようになり、親がかりの状態が続いている。

すでに小島はグロテスクに肥大した大長編『別れる理由』で、妻の死後の三輪俊介（前田永造に名を変えているのだが）の再婚生活を描いている。江藤淳が、『自由と禁忌』で克明に論評した作品である。ところで、『うるわしき日々』でこの二度目の妻は、血の繋がらない子供のことで、「奈落の底をのぞくようにうなだれ、不意に覚悟をしている」といった有様なのである。しかも作者の語るところによると、「彼女は、かつて二度自殺未遂をしたことがある。彼の前の妻もそうだった。回数も同じだった」ということである。

『抱擁家族』で私たちが知らされ、江藤が分析している三輪一家の抱擁＝崩壊家族の最終局面は、そうしたあられもないものではなかった。それは妻・時子の「狂気」が、俊介に「伝染」するという話であり、ここまでは、江藤の「成熟」と「喪失」というテーマは、何の破綻の兆しもなかったのである。

実際時子はほとんど狂っている。俊介をふりむく彼女は、「寒気のするような顔」に変っている。あるいは彼女は本当に「狐」（註、『信太妻』の母）になってしまったのかも知れない。「母」と「子」ではなくなり、しかも「夫婦」にもなれない「男」と「女」が、「家の中」で生き続けようとするときにおこるのはこういうことである。俊介が沼のなかにいるなら、時子はほこりの沙漠のなかにいる。一方が他方に手をさしのべようとすれば、ふたりは同時に沈むか埋まるかしてしまい、どうしても堅固な大地の上に立つことができない。やがて時子の狂気は俊介に伝染し、彼は精神科の医者に行って注射をはじめる。

これが『抱擁家族』が、「成熟」と「喪失」というテーマに回収されるぎりぎりの臨界点である。だが、『うるわしい日々』[1]で小島は、初めてこの最初の妻に関して、「彼女は郷里出身の同じ苗字の産婦人科の医者で中絶の手術」をした「事実」を明らかにする。それを作者は「〃人身御供〃」という言葉で表現し、さらに「それが日常のはじまりであった」とも告白している。これにより、江藤の『成熟と喪失』の読みは、大きな打撃を受けることになるだろう。そもそも子供まで堕ろさせた上、二度の自殺未遂に追い込んだ女性に「母」の影を見るほど、三輪俊介という人物は鈍感でも破廉恥でもなかったからである。

さらに言えば、江藤の「成熟」と「喪失」をめぐる物語に、堕胎はあってはならない要素ではなかっただろうか。それは「成熟」の拒否であるどころか、日常的散文の倫理に対する最大の冒瀆であり、「母性の自己破壊」が「近代化」の過程と不可分であるという、「母性」の「自然」に即した、『成熟と喪失』という物語的批評作品の散文的秩序を、その土台から無惨に掘り崩すことになるからである。母体を〃人身御供〃としたところから始まる散文的日常に、江藤淳の批評は耐えられただろうか。そのような『抱擁家族』の、非神話的に穢れた起源を受容することができただろうか[2]。

江藤淳は、「母」に拒まれた「子」であると同時に、「父」になることのなかった永遠の「子」だった。つまり彼は、生まれるべき幻の「子」に、「父」になることを拒まれた、二重に抽象性をおびた壮年の「子」でもあったのだ。このとき彼は、「成熟」の条件と自ら認める、「年をとること」の「自然」さからも失墜していたはずなのである。江藤に残されたのは、「母」に拒まれた「子」の物語を忠実に生きることだけであった。「死への欲動」を厳重に管理しながら。

だから江藤が三輪俊介に見た、「自由」を「悪」が充たしているという感覚が、この上ない至福であり、受苦的官能であり得るのは、この世で「母」を想い続けることが「incestuous な欲求」であるという意識が働いているからである。「母」の赦しを求め続ける罪深い「子」は、だがどこまでも「母」でない「女」から、逃げ回らなければならないだろう。『抱擁家族』の内部を辛辣に解剖する江藤淳は、果たして「家庭生活」というものに真に耐えられた人だったのだろうか。

2 「戦後文学」への反逆と離脱

江藤淳が「白樺派」、とりわけ志賀直哉への敵意を露わにするのは、例えば『暗夜行路』の主人公・時任謙作が「自然」との合体によって、予定調和的に「母」を回復したことが許せなかったからである。「社会」を「人間の自然性」に「調和」させようとした武者小路実篤また然りである。つまりそこには、江藤が経験した、母性という「自然」に対する深刻な分裂症状が全く見られないからなのである。妻の背後に「母」を見たのは、三輪俊介でも小島信夫でもない。それは江藤淳自身だったのだ。「妣《はは》の国」（折口信夫）のイメージにまで遡行して、彼が守ろうとしたものとは、では何だったのか。おそらくこの世では二度と回復し得ない、してはならない「禁忌」の世界であっただろう。

それは母性のなかで光輝く「生」と薄明の「死」が交錯する世界、不思議にも「性」に似た、あえていえば incestuous な衝動の充足を感じさせる世界である。

この「自然」の摂理に反する妖しいエロス＝タナトスの世界を逆向きにたどり直し、「葛の葉」＝「母」と「妻」＝「時子」と主人公「俊介」を一本の糸で強引に繋いだとき、江藤は『抱擁家族』を「白樺」派の理想に対する「反措定の文学」と断言することが出来たのである。江藤が社会工学的に脚色して見せた『抱擁家族』は、「自然」を否定する「母」（なる妻）の、「母性の自己破壊」が、「母」に拒まれた「子」（なる夫）のなかに澱む「罪悪感」の反映であるかのような物語なのである。それを「第三の新人」の可能性の中心と見た江藤は、三輪俊介が「母」の崩壊を現実に体験した、昭和三十年代の社会心理の岩盤に一指も触れ得なかった「第一次戦後派」に対して、文学的〝最後通牒〟を突きつけることになる。

注目すべきは、ここに序章で見た本多秋五との「無条件降伏論争」に象徴される、戦後派との対立点が予見的に浮き彫りにされていることである。

このような昭和三十年代の現実に対して、「第一次戦後派」の文学が全くなすところがなかったのは、おそらく前に述べたようにそれが「父」との関係で自己を規定した「知識人」の文学、あるいは「理念」の文学だったからである。「理念」が敗戦を「解放」とする以上敗戦は敗戦ではあり得ず、それが昭和三十年代に後退しつづければこの現象は単に「反動」の復活とされた。彼らの眼に見えていたのは「知識人」の発言権の消長にすぎず、その背後で展開されつつある日本の社会の根本的な変質の意味は、たえて関心の対象となることがなかったのである。

それと対照的に、安岡、小島に代表される「第三の新人」たちが、この社会の変質に鋭く反応し得たのは、「彼らがもともと「母」への密着に頼って書く作家であり、そのために歴史の盲点を見のがさなかったから」であるとされる。もとよりそれは、近代日本文学の著しい特徴である「女性恐怖」症候群の二つの現れに過ぎないのだが、近代化のプロセスと不可分の「〝母〟の崩壊」が、江藤の言うように「歴史の盲点」であったことは、疑えない事実であろう。ことに小島信夫の主人公にあっては、「母親を亡くして海岸の黒い杙を見ている」安岡作品の主人公と違い、「風景」ではなく「人間」が、「自然」ではなく「他人」がおしよせて来る、と江藤は興奮気味に語る。

確かに『抱擁家族』で、「人間」＝「他者」が圧倒的な存在感で殺到して来る様は、「第一次戦後派」的な理念が枯渇した先の、戦後文学の新たな地平を切り開くものであり、それが「昭和三十年代の社会心理に異常なものを感じている」者に特徴的な、「風景」なき「人間」のグロテスクな表出であることに異論はない。

ところで江藤は、「第三の新人」一般の問題として、「母」に対する敏感さに比して「父」の基軸が欠けており、「父」の背後に超越的な「天」を視る感覚が欠けていると指摘し、『抱擁家族』に「父」の欠落が明瞭に刻み込まれていない事実を炙り出している。「天」なる概念の登場の唐突さは別としても、この問題は重要である。つまり江藤は、昭和三十年代＝高度経済成長下の日本で生起しつつあるのが、一面的な「〝母〟の崩壊」という現象ではなく、「今や日本人には「父」もなければ「母」もいない」という、より深刻な事態であることを示唆していたのである。

ここから再び、戦後日本における「父」なるアメリカという問題が浮上してくるであろう。『成熟と喪失』の江藤淳は、同じく小島信夫の芥川賞受賞作『アメリカン・スクール』に言及しながら、「しかし占領が法的に終結したとき、日本人にはもう「父」はどこにもいなかった」と述べている。確かにこの問題を、母―子的な神話空間の崩壊に立ち会ってきた「第三の新人」の作家たちは、作品行為上巧みに回避してきたのである。

彼らは昭和三十年代の産業化がもたらした具体的な解体現象をとらえ得ても、その先にある問題を、つまり内にも外にも「父」を喪った者がどうして生きつづけられるかという問題をとらえ得てはいない。その一方いわゆる「第一次戦後派」の作家たちは、「父」の不在ではなく実在を前提として、「父」に反攻する「子」として書きつづけたためにおそらく現実を遊離したのである。彼らが占領時代に多産であったのは、あるいは逆説的にいえばそこに米軍という父性の権威が実在していたからかも知れない。

後に江藤は、その権威になす術もなかった彼らの〝戦後文学〟を、「公平な言論を封殺した占領軍の政治的支配下に咲いた徒花」(「日本は無条件降伏していない」)と規定し、全否定するのである。ところで先の江藤の物言いは、実は厳密さを欠いている。何故なら、「第一次戦後派」にはあらかじめ、中野重治が『村の家』で描いたような、強い「父」など存在していなかったのであり、その限りで彼らは反攻する「子」としての自己確立を阻まれていたからである。(3)

さらに言えば、すでに『村の家』で「転向」を諌める「父」(孫蔵)に、「子」(勉次)が反攻し得ず、その〝敗北〟を内面化するしかなかったことから、抜きがたい中野コンプレックスを共有する「第一次戦後派」の文学は、この時点で致命的な屈折と内向を刻印されていたのである。彼らがついに一人のスタヴローギン(ドストエフスキー『悪霊』の主人公)も産みだせなかった(埴谷雄高が『死霊』で描いた首猛夫はその弱々しいパロディにすぎない)のは、主に「父」の実在を前提に出来なかった「子」である彼らの、反攻の不可能性によるのである。

彼らが占領時代に多産であったのは、「米軍という父性の権威が実在していた」ためだと江藤は言うが、ではいったい「第一次戦後派」の中の誰が占領下の「アメリカ」に直面し、その父性に反攻したというのか。彼らはむしろその「父性の権威」に、最も鈍感な人々ではなかったのか。そして後に江藤が執拗に追及する、「検閲」問題を始めとする占領軍の政策に対する彼らの本質的な無関心は、米軍よりも強い呪力を持った「父性の権威」が他に存在したからと考えるのが順当なのである。

「左翼大学生」出身の彼らにとっての最大の権威とは、言うまでもなく「党」である。「第一次戦後派」の作家たちは、「転向」を通過した戦後においてさえ、終始「(共産)党」という父性の権威に屈服したり、反攻したりするばかりで、「アメリカの影」の包囲には、終始全くと言っていいほど無頓着だったのだ。その文学は、概ね「父」なる「党」を裏切り、あるいは拒否した「子」が政治的な「みなし児」として戦後社会に投げだされ、その彷徨の過程で反復する「罪」と「罰」をめぐる物語に集約できるのである。

「父」の欠落を文学史に刻み込み、「米軍という父性の権威」に反攻したのは、むしろ江藤淳その人であった。ただし、彼が文学的に直面しなければならなかったのは、『抱擁家族』の続編である『別れる理由』の分析(『自由と禁忌』)で明らかにされるように、「価値の源泉」でも「向上」の目標でもなくなった、「単なるアメリカ」という散文的現実だったのである。ただしかし、それによって戦後の日本が、徐々に「アメリカの影」の圏域から自由になっていったわけではない。むしろ

「単なるアメリカ」の呪縛力が拡散し、人々に意識されずに瀰漫しきった戦後的状況こそが問題なのではないか、と江藤淳は苛立たしげに問題提起する。

『忘れたことと忘れさせられたこと』、『一九四六年憲法――その拘束』、『閉ざされた言語空間――占領軍の検閲と戦後日本』のいわゆる「占領三部作」は、戦後日本にとっての「単なるアメリカ」が、依然として日本人を呪縛し、拘束しつづけている様を、占領期の第一次資料を精査して解き明かした労作である。

ところで、江藤のアメリカに対する歴史的認識が、最初に独自の輪郭を現したのは、ロックフェラー財団研究員として滞在した、プリンストン大学から戻って程なくして書かれた「日本文学と『私』」においてであった。そこで江藤は、近代史における日米関係の基本に、他者抹殺の宿命を負った「アメリカ」を据え置いた。アメリカの自己実現とは、ついには他者排除＝抹殺の謂いではなかったのか。フロンティアを西に移動させつつ、太平洋岸にまでたどり着いたアメリカ――。

つまり、アメリカの自己拡張は、絶えざる他人の排除、あるいは抹殺によって遂行されたのである。それは、いわば新世界の隅々に自己の投影が及ぶほどの巨人になりたいという欲望の発現である。これを、絶対に他人に出逢うまいという意志の発露だといっても同じことである。

そのアメリカが敗戦により、「占領軍」という「他人」として再びこの国にやって来たとき、日本人が示したのは「防衛的な自己閉鎖」という反応であった、と江藤は語る。しかもそれが明治の時と違うのは、もはやそこに「朱子学的な世界像」の支えがなかったことだと。

そのかわりに戦後には、「自己完結的な無秩序」があった。一見それは、「平和」と「民主主義」の名によって「公」認されているかのようだが、無秩序の中に「公」の価値はないのだから、それは「公」認ですらないというのだ。江藤が「公」について語るのは、渡米以前の六〇年安保の混乱期に次いで、これが二度目のことであった。

「公」の価値と無縁なところでの、無秩序の狂騒に花を添える「平和」や「民主主義」を、彼は戦後啓蒙を担った知識人たちのように礼賛せず、懐疑の対象とし、その虚妄性を果敢に暴き続ける。ただ如何せん、彼は具体的な文芸作品に即して、「公」について語りうる手持ちのカードを、同時代の文学の中に見出せなかったのである。

『成熟と喪失』後の江藤淳は、「父」もなければ「母」もいない、みなし児同然の戦後日本人の孤独を、自らの「喪失」の物語の普遍性として語るしかなかった。江藤的批評の真骨頂である「自己顕示」が、「公」の価値の強調と直接結びつくことで、孤独と寂寥の色調を急速に失いかけるのは、ここにおいてである。

だが江藤の孤独と寂寥はその深層で、この時最も不安定な揺れを体験していたはずであった。「母」に拒否された罪深い「子」が、「父」になることもなく、さらに「青春の荒廃」を拒否して「成熟」への道を選ぶとしたら、彼には純潔な抒情と不純なニヒリズムを同時に拒否する、「公」の価値に殉ずるしかない。ところでそれは、非文学的な決断であったのだろうか。恐らくそうではない。「公」の概念は何に繋がっていたか。間違いなく、『成熟と喪失』の「天」にであろう。

さてそれでは江藤淳は、「天」や「社会」をそこでどのように語っていたか。『抱擁家族』を読み解く彼は、これらの概念を具体化するために、絶えず夏目漱石の作品を喚起してはいなかっただろうか。それは何故であっただろう。「父」もなければ「母」もいないみなし児の文学が、漱石において理想的に社会化され、戦後日本の、あるいは戦後文学の反社会的な閉鎖性からの、唯一の突破口を開示してくれていたからである。江藤淳は漱石を媒介に、「天」という反＝戦後的な理念にたどり着いた代償に、伴走してきた同時代の作家たちと次々に訣別することになる。内面の不安な揺れが外化した訣別の萌芽は、すでに『成熟と喪失』にあった。

七〇年代以降の彼は、大江健三郎、開高健、石原慎太郎といった同世代の文学者の作品さえ、二度とまともに論じることはなかったのである。『成熟と喪失』から十七年後の八〇年代の『自由と禁忌』では、例外的に「第三の新人」の作品を再び取り上げるのだが、この長編評論は、その前の『落葉の掃き寄せ』が、「日本文学に刻印された占領軍の検閲のケース・スタディ」（「原版あとがき」）だったとするなら、同じモチーフを文壇情勢論の〝実況中継〟用に、トピカルにアレンジしたものであった。

漱石という切り札は、ここでは使われない。不安な揺れはその分増幅され、作品解読の基準は占領軍民間検閲支隊（ＣＣＤ）による戦後の「言語政策と検閲」の制度化の〝傷跡〟と、そこからの

「声」の再生、「歌」の復活というところに絞り込まれてゆく。合間に「犬の糞を拾ったり」しながら読んだという丸谷才一『裏声で歌へ君が代』を酷評する江藤淳は、いつになく堪え性が無く終始苛立たしげである。「第三の新人」との訣別の弁は、次のようなものだった。

いうまでもなく、これら〝第三の新人〟の作家たちが、作品を発表しはじめたのは、占領軍民間検閲支隊（CCD）による事前検閲が廃止された占領末期でなければ、占領終了直後の時期である。しかし、それにもかかわらず彼らの文体が、地を這い、屈折しつつ矮小化し、あるいは過度に断片的で人工的なものとならざるを得なかったのは、一つにはこの時期までに戦後の言語政策と検閲が、日本のジャーナリズムのなかでほぼ完全に制度化されていたことを物語っている。〝第三の新人〟の作家たちは、ハウスボーイとして、アメリカンスクール参観の英語教師として、また病者として、占領の屈辱を嘗めたというにとどまらない。それ以上に、これらの人びとは、あの人工呼吸の影響を、それぞれの言葉に刻印されていたのである。

人工呼吸――江藤は「日本語という国語の構造と日本人の生理とに、それぞれわかちがたく結びついた呼吸」に対し、それを許容しないようにつくられた戦後の言語空間の中での、「大規模で組織的な人工呼吸」について語っていたのだ。

それ以後今日にいたるまで、これらの作家たちは、依然として息を詰め、声を潜め、地理も歴史も奪われた戦後の言語空間を、あるいは浮遊し、あるいはのたうっている。小島信夫氏の〝アメリカ〟については、今更ここに繰り返すまでもない。『別れる理由』に、突如としてアキレウスの愛馬クサントスが現われたのも、地理も歴史も奪われた上に人工呼吸を施された作家の、ほとんど本能的に「やすらかに長高《ケ》く、のびらかなるすがた[4]」を求めてあがく苦悶の象徴と考えれば、納得できないことはない。

江藤淳はこのように「戦後文学」から離脱し、もうひとつの「時代」と「文学」に回帰していった。もとよりそれは、『漱石とその時代』の方へである。江藤淳の漱石への回帰は、「公」の強調と密接な関係にあるのだが、同時にそれは純「文学的」なモチーフに貫かれていた。つまり彼が欲する「公」の価値なり秩序とは、「母」性の回復を断念できない「孤児」が、そのincestuousなイメージ操作の「自由」が限りなく「悪」と接することへの歯止めであり、最後の安全弁だったのである。周知のように江藤淳は、亡き「母」に対する自らの「incestuousな衝動」を、夏目漱石（本名・金之助）の嫂・登世への禁断の恋に仮託して語っていたのだった。

……金之助の存在感に、いつも一種性的な罪悪感がつきまとっているのは、こういう倒錯の彼方に隠された暗い願望を反映しているかも知れない。……（『漱石とその時代　第一部』）

「天」とは、「公」とは、彼自身の「暗い願望」への止みがたい衝動を抑制し、あり得ない場所での倒錯した母性との戯れを非公然化するための、地上的な規範だったのである。江藤が「母」を所有する不可能な場所に、「父」がいてはならないことは当然であるが、そのためにこそ彼は、地上世界における父権的秩序の権能を、失われた過去に限ってのみ無制限に許容するのである。「母」性空間で解き放たれる「悪」を隠蔽するために、あえて江藤は明治国家を、近代の黎明期にあっての帝国海軍を、勇壮な父性的「公」空間として描き出そうとするだろう。さらにまた、明治までは生きていた、朱子学的世界像の崩壊の後の、大正期の自己完結的無秩序を代表するものとして、「白樺派」の自己肯定、「充足した無秩序の肯定」（「日本文学と『私』」）を漱石的世界の対極に置き、それを戦後文学の否定的評価に接続させるのだ。このとき江藤は、無意識のうちに母性空間から追放された孤児の怒りを、「自由」の背後にある「悪」に盲目な自我中心の文学の系譜に、直接ぶつけていたのである。

『成熟と喪失』を書き終え、「天」や「社会」に繋がりながら、なおかつ「母」の回復を実現するような同時代の作品がどこにもないし、今後もあり得ないことに覚醒した彼は愕然とする。ここからの漱石への回帰は、個人的「喪失」の物語が、どのようにして「他者」を媒介に社会性を獲得し、「天」なり「国家」なりに繋がってゆくかという、江藤にとっての反＝戦後的な思想転回に拍車をかける一契機となっていく。

それに先立ち、六〇年代半ばの「日本文学と『私』」で、戦後的な「平和」が「侵入して来た占領軍を対立する他者として定着することを妨げた」と語った時点で、彼は寂寥感溢れる自らの喪失の物語の尺度を、「社会」ないしは「国家」というスケールに移し換えつつ、それを歴史的なスキャンダルとして告発しようとしていた。彼自身の「自己顕示」の批評スタイルは、ここで初めて文学の外に開かれることになるのだが、彼の資質は頑なにただ一つの唄を歌おうとする。戦後の言語空間の制度的拘束に対する社会的「告発」は、そこで文学的に内向し、特殊江藤的な「物語」の色合いを強めることになった。

江藤の存在が、「私的言語」と「公的言語」の裂け目で宙吊りの状態になるのはこのときである。社会的な名士になるほど、彼は厄介な存在になりつつあった。八〇年代の初め頃であろうか、〝江藤淳隠し〟という言葉が、文壇の内外で囁かれ始めたのは。その挑発的な言説を、ないことにした方が、戦後的な「制度」があらゆる意味で、円滑に機能することははっきりしていた。彼の問題提起が、戦後史の禁忌に抵触する危険な要素を含んでいたと言う以上に、彼の「唄」がそれだけ邪悪なものを秘めていたからである。

「治者の文学」も「朱子学的世界像」も、江藤淳の孤独な唄の断片であることに変わりはなかった。「日本文学と『私』」が書かれたのと同じ六〇年代の半ば、江藤淳は後に『近代以前』として刊行される「文学史に関するノート」で、儒学を本格的に論じ始める。江藤的な唄と散文が奇跡的に綜合された完成度の高い論攷である。さらに江藤が、書き下ろし作品『漱石とその時代』を起稿するのは、『成熟と喪失』の連載が終了した一九六七年のことであった。

周知のようにこの江藤にとってのライフワークは、七〇年に第一、二部が刊行（菊池寛賞、野間文芸賞を受賞）されたところで、長らく中断された。内容的には、作家・夏目漱石の誕生の直前までである。因みに一、二部は第三部再開までの二十年間に、三十万部を越す売り上げを記録、本格的な評伝文学として空前の成功をおさめた。

ここで彼は漱石の母・千枝を、明らかに自身の母親の像と重ね、理想化を試みている。一言で集約するとそれは、「自分を超えたものの存在を感じる感覚と自己抑制の倫理とを体現」（第一部）しているような女性である。しかも漱石がこの「生母とともにすごしたのは僅か五年間にすぎない」のだから、江藤がこの母—子関係に執着したのも無理はない。「暗い幼児がうがった存在のある欠落感」も、「不在と実在の世界の割れ目に落ちこんだような精神状態」も、江藤が漱石に仮託した「唄」＝「物語」の重要な要素であったろう。

その底に脈々と流れていたのは、「経験的には彼の識らない母に抱かれた「赤子の心」の安息に「反《かへ》」る」という、漱石＝江藤の夢である。それは「生」に「反」ろうとする激しい希求でもあるが、どこまでも現実から隔てられた夢＝物語でしかない。「反」ろうとして「反」り得ないのは、この夢が「生」のみではなく「死」とも固く結びついたからなのであった。

第一部でさりげなく語られる、漱石における「分裂」と「融合」の主題は、実はこのことと関係している。江藤が鋭く見抜いたように、「女に近寄りたが」りながら近寄れない漱石の、「不在と実在の世界の割れ目に落ち込んだような精神状態」は、「母」の存在に対する、「捨てられた子」の「分裂」症状の典型なのである。

漱石は養子という形で、親に「捨てられた子」であった。第二部ではそこから、「国家」から見捨てられた「子」という主題が、必然的に立ち上がってくる。そして江藤の「喪失」の物語は、「国家」と自分を結ぶきずなが切断された漱石の「喪失感」に過剰反応を示す。「捨てられた子」漱石の生い立ちから来る内部の「暗い空洞」に、評伝作者は次々に掘り起こされる「事実」を喪失の「唄」=「物語」として響かせるのだ。

二十年の長きにわたる中断を挟み、九〇年代に入って再開された第三部では、俄に「物語批判」、「パロディ」、「異化の手法」、「メタ言語」といった、第二部まででは考えられない批評言語が飛び交い始める。だが江藤はやはりここでも、ただ一つの唄を歌っていたのだ。すなわち、またしても「信太妻」が、「他界の存在」が問題とされ、「母」の胎内のやすらぎに遡行する世界について語られるのである。江藤的な評伝のスタイルは、「捨てられた子」が「死と結合しようとする場所」を求め、エロス=タナトスが妖しくスパークするこの劇的道具立てにおいてこそ本領を発揮し、美しく輝くのである。

第四部になるとさらに『虞美人草』に即して、「私生児」、「孤児」といった江藤的な主題が露わに浮上してくるだろう。あるいは『坑夫』をめぐる死を内包した「暗さ」の問題、「暗い所」への下降という身振りの喚起。また『三四郎』を論ずる江藤は、やはりそこから「父のない子」の物語を読み解き、「父を排除した小説」を改めて発見するのである。この主題は、未完に終わった第五部の最後の部分での、「父なるもの」の存在の拒否（『道草』の健三による）という一点に収斂してゆくのだが、かなり問題含みであった。(5)

何故なら『道草』の健三にとっての「父なるもの」（＝具体的には養父の存在）とは、存在を拒否できない「他者」そのものであったはずだから。例えば、志賀直哉の「垂直的」な自己絶対化に対する漱石の「平面的倫理」の優位も、江藤的な解釈では、「世の中に片付くなんてものは殆どありやしない」という健三の「日常生活の倫理」に象徴される、「父なるもの」の存在拒否の不可能性にこそあったと言わねばならない。

この「倫理」を手放したとき、「見捨てられた子」である漱石は、「近代社会の相対的人間関係のなかに投げ込まれた自己の個体を認識」（第一部）する術を、失わざるを得ないのである。

顧みるに江藤淳は第一部で、漱石的存在の不安を、二人の「父」（実父と養父）に見捨てられた「子」という位相で捉えていた。第五部の〝未完の終末〟が、「父なるもの」の存在の拒否というところに行き着いたのは、江藤が自身のそれと重ね合わせた「喪失」の物語に、ここで強引に最終的な決着をつけようと意図したためではなかったか。

つまり江藤は、「死」という最も残酷な形で「母に拒まれた心の傷」（『成熟と喪失』）を、漱石という固有名に託して癒し、この終わりなき物語からの自己回復＝帰還を求めていたのではなかったか。「父」に見捨てられた「子」が、最終的に「父なるもの」の存在を拒否するという漱石的物語を対置することで。「母」に「拒否された者」は、同時に「見棄てた者」でもあるという、「喪失感の空洞」を埋める「悪」の「自由」さに、江藤の散文的倫理はついに耐えられなかったのか。「母」に拒否された「子」の罪を背負い続けてきた永遠の「喪失者」が、平面的な「日常生活の倫理」に背くように、「父なるもの」の存在を垂直的に拒否して見せる。このとき、江藤淳の散文的批評精神の命運は尽きかけ、そのファミリー・ロマンスは終焉の秋《とき》を迎えつつあった。漱石に仮託して最終的に「父」を追放した見返りに、「母」の物語から失墜を余儀なくされた彼（『幼年時代』における「母」の声の〝復元〟は、その代償行為である）は、急速に言葉を失い、「死の影」に覆いつくされていく。『漱石とその時代』第五部の未完の末尾は、その凄まじき残骸だったのである。

原註

●序章

（1）厳密に言うと、『現代日本文学全集』（筑摩書房）別巻『現代日本文学史』昭和篇。なお、明治篇は中村光夫、大正篇は臼井吉見がそれぞれ分担、後にそれぞれ『明治文学史』、『大正文学史』、『昭和文学史』として独立して筑摩叢書に入った。

（2）前掲「『無条件降伏』の意味」（本多秋五）でも言及されているが、この論争には、江藤の次世代に当たる柄谷行人も間接的にコミットしていた。柄谷『反文学論』（冬樹社）参照。

（3）岩波文庫版『小説集　夏の花』の佐々木基一の「解説」によると、この作品は最初『原子爆弾』という題名で、敗戦の年の秋に執筆されたという。『近代文学』への寄稿を依頼したのは、同人の佐々木であった。検閲の結果、予想通り掲載は不可となったが、その後、総合雑誌並みの検閲対象となっていた同誌より、比較的検閲の緩やかだった純文芸誌『三田文学』一九四七年六月号で、「二、三箇所、あまりに悲惨な被災者の描写や激しい言葉の出てくる箇所は削除し、自己規制」の末に、日の目を見るに至ったという経緯がある。因みに言うと、江藤淳は同じく「被爆文学」に括られる井伏鱒二の『黒い雨』を評価する一方、『夏の花』に対しては積極的な関心を示さなかった。『落葉の掃き寄せ』では、再三にわたり吉田満『戦艦大和ノ最期』をめぐる占領軍の検閲を、周到なテクスト・クリティックによって炙り出した江藤が、吉田作品とは別の意味で、戦後文学史に屹立する原民喜作品に無関心を装ったのは、彼の一連の検証作業の客観性にとって重大な瑕瑾ではなかったか。

（4）この論争以前では、一九六六年のエッセイ「戦後と私」で江藤は初めてこの言葉を用いている。

（5）荒正人、埴谷雄高はともに『近代文学』の同人。

●第一章

（1）『夏目漱石』の江藤淳は、『行人』の解読から、夏目漱石の作品世界を貫く「二重の倫理の体系」を発見する。すなわち、「段階的な自己抹殺（自己絶対化）の倫理」と、「平面的な他者に対する倫理」とである。神経症をまぎらわせるために小説を書き出した漱石に、そのような「内部の分裂」を探り当てたのは江藤淳が最初だった。「他者（又は自己）を抹殺しようとする衝動」にことのほか敏感だった彼は、『小林秀雄』に至り、志賀直哉の影響下から出発した小林の「内面」が、「他者」の抹殺を代償として得られたものであることを鋭く抉り出す。

（2）ここでは「私がたり」を、「私小説」から批評言語に表われたそれをも含む包括的な概念に拡張して用いた。『文学』（季刊・第9巻・第2号、一九九八年春）の座談会「『私がたり』の言説について」参照。

（3）「日本と私」（『朝日ジャーナル』一九六七年一月一日〜三月一九日号）。連続十二回にわたる連載の最終回の末尾には「（未完）」と記されており、「筆者附記」として「本稿はこのあと百数十枚を書き下ろして、朝日新聞から出版される予定です」とあるが、未刊行のままに終わった。なお、この作品は江藤の死後、ちくま学芸文庫『江藤淳コレクション2』（福田和也編）に収録された。

（4）提出時のタイトルは、「夏目漱石『薤露行』の比較文学的研究」。この論文は、慶応大学大学院文学研究科の審査を経、江藤は昭和五十年＝一九七五年三月文学博士となる。主査・池田彌三郎。

（5）講演録『批評家の気儘な散歩』で江藤は、漱石論の根本モチーフを、次のように語っている。「漱石と世界の関係をたしかめ、さらに漱石と自分の距離をできるだけ正確に測ることによって、自分と世界との関係をたしかめたい。私はいつもそう願いながら、批評的表現の努力をおこなっているような気がします。なぜそうしなければならないかといえば、それは、お恥ずかしいことですが、私には自分と世界との関係がどうにもよくわからないからです。そして、それがわからずにいるための不安が、いつも私のなかにひそんでいるからです」。
(6)「プロレタリア文学運動が、わが国の私小説の伝統を勇敢にたゝき切つたといふ事は、実際の作品のいゝ悪いは別としても、大きな功績であった」（小林秀雄「私小説について」）。
(7) その「私がたり」は、「高村光太郎――戦争期について」とともに開始されるが、この吉本の出世作が現れたのは、奇しくも江藤淳のデビューと同じ一九五五年のことであった。これを戦後批評における五五年体制の始まりと規定するのは、牽強付会であろうか。
(8) さらにまた、柄谷が東京大学大学院英文科時代の修士論文「『アレクサンドリア・カルテット』の弁証法」が、江藤のエッセイ「『アレクサンドリア四重奏』をめぐって」に直接影響されたテーマであった可能性も、なお捨てがたいのである。
(9)『夏目漱石』第九章「『明暗』それに続くもの」で、江藤淳は『それから』の段階ですでに漱石が、幸徳秋水への関心を示す挿話を記していることを指摘している。因みに『それから』からの引用は、以下の部分。《平岡はそれから、幸徳秋水《かうとくしうすゐ》と云ふ社会主義の人を、政府がどんなに恐れてゐるかと云ふ事を話した。幸徳秋水の家《いへ》の前と後《うしろ》に巡査が二三人宛《づゝ》昼夜張番をしてゐる。一時は天幕《てんと》を張つて、其中から覗《ねら》つてゐた。秋水が外出すると、巡査が後《あと》を附ける。万一見失ひでもしやうものなら非常な事件になる。今本郷に現はれた、今神田へ来たと、夫《それ》から夫《それ》へと電話が掛かつて東京市中大騒ぎである。新宿警察署では秋水一人の為に月々百円使つてゐる。同じ仲間の飴屋《あめや》が、大道《だいだう》で飴細工を拵へてゐると、白服の巡査が、飴の前へ鼻を突出して、邪魔になつて仕方がない》
(10) やや穿った見方をするなら、『明暗』の小林に漱石は大逆事件の首謀者として処刑された、幸徳秋水の「死の影」を背負わせたことになる。私見によれば、この〝「文明開化」の私生児〟にして、なおかつドストエフスキー的な人物の系譜を、近代日本文学のなかに求めるとするなら、二葉亭四迷の『其面影』の主人公・小野哲也以外にはいない。因みに、この作品が『東京朝日新聞』に連載されたのは、明治三十九年（一九〇六）のことであり、漱石が『明暗』を起筆するちょうど十年前に当たっている。ところで江藤は別稿「『道草』と『明暗』」（『決定版　夏目漱石』）で、『明暗』のもう一人の名脇役・吉川夫人について、「これは漱石がイギリスの小説を非常に深く読んだ結果として、いわば彼の英文学的教養の反映として生れた人物」としているが、この個性的な中年女性の造型にもドストエフスキーの影響を認めることは、不可能ではない。すなわち、吉川夫人の小説的類縁をドストエフスキーの作品に求めるなら、直ちに『悪霊』のヴァルヴァーラ夫人を思い浮かべることが出来るだろう。蛇足を承知で付け加えるなら、吉川夫人のドストエフスキー的ヒューモアと奇矯さは、埴谷雄高の『死霊』に登場する津田夫人（この命名そのものが、いかにも『明暗』的だ！）にも継承されていると思われる。

(11)　江藤淳はこの小説の冒頭を引用しつつ、いかにそれが「非私小説的」書き出しかを指摘する。「建三《けんざう》が遠《とほ》い所《ところ》から帰《かへ》つて来《き》て駒込《こまごめ》の奥《おく》に所帯《しよたい》を持《も》つたのは東京《とうきやう》へ出《で》てから何年目《なんねんめ》になるだらう。彼《かれ》は故郷《こきやう》の土《つち》を踏《ふ》む珍《めづ》らしさのうちに一種《いつしゆ》の淋《さび》し味《み》さへ感《かん》じた……」以下、引用略。なお、ほぼ同時期の『徳田秋声』論で彼は、『道草』に五年先行する秋声の『黴』が、やはり「帰ってきた男」が世帯を持つ話であり、この作品が漱石の世話で『朝日新聞』に発表されたことを根拠に、両者の間に影響関係を超えた「親密な関係」があったと語っている。もっとも江藤は、漱石が『明暗』において秋声が『黴』ではなし得なかったことを試みようとした、と言うのである。「つまり漱石は、日常生活を描きながらその背後にある構造を把《とら》えようとした」と。さらに「秋声には漱石には見えている人物の背後が見えていない」と述べている。

(12)　昭和四十一年（一九六六）の「漱石記念百年記念講演」（『決定版　夏目漱石』）で江藤は、その帰還の意味について、「自分に執着し自己追求するというような生き方から、人と人との間に帰ってくるということではないかと私は考えます」と、明快に語っている。

(13)　自筆年譜によると江藤は、昭和三十七年（一九六二）ロックフェラー財団研究員となりプリンストン大学に留学、翌年には同大学東洋学科の教員に採用され、日本文学史を講じている。

●第二章

（1）「序章」註（1）参照。

（2）自筆年譜にはこの会についての記述はなく、六〇年安保の前年、『三田文学』のシンポジウム「発言」に参加した石原慎太郎、谷川俊太郎、浅利慶太、武満徹、大江健三郎、羽仁進ら同世代の文学者・芸術家が、翌一九六〇年に「独自な立場で行動をすることを申し合わせ」たことのみが記されている。第三章註（1）参照。なお、この記載に続く年譜上での江藤の六〇年安保の総括は、以下の通り。「危機感にかられて国会の機能回復、反岸政権の実現のために奔走す。自民党反主流派、社会党、全学連両派の人々と接触す。ときあたかもハガティ事件おこり、九仞の巧を一簣にかくと感ず。進歩派内部におけるファナティシズムの跳梁と現実認識の欠如に憤りを発すること多く、反政府運動家の眼中に一片の「国家」だになきことに暗然とす。事件後疲労甚しく、喀血少量、一時的なものと診断され愁眉を開くも快々として楽しまず、病を那須高原に養う」。この記述は自筆年譜全体の中で、バランスを欠くほど突出した印象を与え、安保を契機とする江藤の保守派へのシフトの指標とさえなっている。文学上の盟友でもあった、大江健三郎との関係が決定的にこじれたのも安保問題をめぐってだった。安保闘争の最中、野間宏らと訪中日本文学代表団に加わり、北京で「日本国民への訴え」を放送した大江は、当時「文学者としてのリアリズム信仰を捨てて、デマゴーグに踊らされる一兵卒になりたい」と語り、江藤と対立関係に入った（江藤「安保闘争と知識人」参照）。

（3）その初出は『思想』一九五八年七月号である。因みに、『作家は行動する』の「あとがき」によると、江藤淳は「このエッセイを一九五八年の夏から秋にかけて書いた」のであり、それが「ときどき」（江藤）であったか「屢々」（埴谷）であったかはともかく、吉祥寺時代の江藤が埴谷詣での折りに、「ゼノンの逆説」をそれこそ小林のアキレス腱を抑える手段として用いる示唆を与えられた可能性は否定できない。

（4）一方では、「基本的な観点としては、『作家は行動する』における小林観と『小林秀雄』との間に大きな相違があるわけではない」といった見方（吉田凞生「小林秀雄像の特性」、『國文學』一九七五年一一月号）もあり、基本的に筆者の立場はそれに近い。

（5）因みに花田清輝は、『作家は行動する』を収録した『江藤淳著作集5』（講談社）に「解説」を書いている。

（6）江藤淳が大江健三郎の小説を肯定的に評価したのは、この作家の初期作品に属する一九五八年の同作品までである。中上健次との対談「今、言葉は生きているか」（『文藝』一九八八年春期号）参照。

（7）これとは別に江藤には卓抜な「石原慎太郎論」（『江藤淳著作集2』所収）がある。

（8）江藤淳「文反故と分別ざかり」（『落葉の掃き寄せ』）参照。

《前略

実は本日集英社版日本文学全集を拝読、どうしても一言御礼を申し述べたくなり、お便り差し上げる次第。

あの作品（『鏡子の家』）が刊行されたときの不評ほどガツカリしたことはなく、又、周囲の友人が誰も読んでくれず、沈黙を守つてゐたことほど、情なく思つたことはありませんが、それも今だからこそ告白できることで、女々しい愚痴は言はないつもりでゐましたが、あの時以来、大げさに言へば、日本の文壇で仕事をすることについて、それまで抱いてゐた多少の理想を放擲する気になつた位でした。以後小生が戦線を後退させ、文壇に屈服する姿勢に出たことは、おそらく貴兄も御賢察の通りです。

此度の御解説を拝読して、しかし、小生には勇気が蘇つた感があり、真の知己の言はかくの如きかと銘肝いたしました。もちろん以前「群像」に書いて下さつた「鏡子の家論」（註、同誌一九六一年六月号）の時も、感銘甚だ深いものがありましたが、今度の御解説の冒頭の部分に、特に心を打たれた気持は分かつていただけると思います。

どうも小説家が批評家に御礼を申し上げる図は、へんに漫画的に卑屈な感じで、口ごもるのですが、これだけは、あらゆる政治を除外した真情としてきいて下さるやうお願ひいたします、冗いやうですが、本当に御文章のおかげで、小生は勇気を得ました。

厚く御礼申し上げます。

匆々

三島由紀夫

二月廿日

江藤　淳様

〉

●第三章

(1)　丸山は、『増補版　現代政治の思想と行動』(未来社、一九六四年)の「増補版への後記」で、新たな「戦後神話」の形成、「たとえば戦後民主主義を『占領民主主義』の名において一括して『虚妄』とする言説」に対し、「私自身の選択についていうならば、大日本帝国の『実在』よりも戦後民主主義の『虚妄』の方に賭ける」と述べたのである。ところで、この丸山発言と比較対照されるべきなのが、江藤淳の状況認識を「リアリスティック」と認めた上で、六〇年の安保反対のデモ隊を、殆ど無条件で肯定した大江健三郎の次の発言であろう。「しかし、この問題に関する限り、ぼくは文学者としてのリアリズム信仰を捨てて、デマゴーグに踊らされる一兵卒になりたいと思うのです」(江藤淳との対談「安保改定・われら若者は何をなすべきか」『週刊明星』一九六〇年六月一二日号、引用は江藤淳『落葉の掃き寄せ』より)。一九五八年に結成された「若い日本の会」は、六〇年安保問題をめぐるこの両者の対立によって、事実上、解体するのだが、それは大江・江藤の蜜月時代の終焉も同時に意味していた。なお、「若い日本の会」の存在意義に関しては、その結成が反日共の若きコミュニスト・グループ「共産主義者同盟」(ブント)の結成と同年であることからも、ブルジョア民主主義の擁護に集約される、非コミュニスト集団の危機意識の表明として、歴史的に解明の余地がある。

(2) 一九六〇年代半ばに及び、江藤は戦後という時代の「不自然な仮構」が隠蔽するものが、「明治」という時代だったという致命的な事実に覚醒する。大江健三郎との対談「現代の文学と社会」(『群像』六五年三月号)で彼は、「われわれが明治を思い出すのは、それが不在だからです」と語り、さらに「戦後に明治はなかったのだということ」を前提に、「明治と戦後の『重ね合わせ』」の必要を説いている。ここから江藤は自ら『海は甦える』五部作を七〇年代以降手がけることになるのだが、そこに明治という時代の「不自然な仮構」が、反復されているのは歴史のイロニーとしか言いようがない。

(3) 花田と「東方会」の関係は、戦前の一九三九年(昭和十四)に遡る。この年花田は中野正剛の実弟・中野秀人らと「文化再出発の会」を結成するのだが、その事務所が、東条英機の政敵で衆議院議員の中野正剛が主宰する国民同盟「東方会」の本部内に置かれていた。さらに花田は、中野正剛の岳父・三宅雪嶺の雑誌『東大陸』にも関係、数多くの論文エッセイを発表しているだけではなく、同雑誌社の社員にまでなっている。花田と「東方会」の関係が切れるのは、同誌のスポンサーであった中野正剛が大政翼賛会に入り、野党的性格を失った(一九四三年に中野は東条に詰め腹を切らされる形で、自殺に追い込まれるのであるが)ためと、戦後自ら証言(「手れん手くだ」)している。いずれにせよ花田は、強権政治を主張した〝危険な政治家〟の組織の内部に潜入して、「イデオロギーの領域で、たったひとりで、太平洋戦争をたたかっているつもりになっていた」(「モダニストの時代錯誤」)と、戦時下の抵抗者を自負して吉本の顰蹙と反発を買ったのである(拙著『昭和精神の透視図』現代書館参照)。なお、「転向ファシストの詭弁」ほか吉本の花田批判論文は『異端と正系』(現代思潮社)に収められている。

（4）月村敏行との対談「批評の内部と現実」（『磁場』第十二号、一九七七年八月）参照。

（5）江藤はこの鎧をとり去ったとき、「様々なる意匠」の「批評とは竟に己の懐疑的な夢を語る事ではないか、己の夢を懐疑的に語る事ではないか！」というルフランは、「トリスタン」の「焦るるため、死するために！　焦がれつつ、死するために！」という絶唱にかわらぬわけはない、と語っている。言うまでもなく「トリスタン」は、中世ヨーロッパの代表的な愛の物語。現世では結ばれぬ禁断の恋という、この物語のテーマは、江藤的な母恋の物語とも共鳴しながら、『漱石とその時代』から『漱石とアーサー王傳説』を貫く、嫂・登世と漱石の恋の物語の通奏低音となる。

（6）バクーニンの影響を受けた、十九世紀ロシアの革命家ネチャアエフが行った同志殺し。

（7）《いかなる星のもとに生まれしわれなりしや？　いかなるさだめに？　昔ながらの旋律はわれにくり返す。　焦るるため、死するために！　焦れつつ死するために！》。

（8）インターネット http://www.asahi-net.or.jp/~dn8k-tkm/kobayashiwar1.html 参照。

（9）「誤解されっぱなしの『美』」（『朝日ジャーナル』一九六一年一月号）。

●第四章

（1）『抱擁家族』の系譜に属する作品で小島は、『別れる理由』、『うるわしき日々』の他にも、『静《せい》温《おん》な日々』、『暮坂』を書いている。

（2）『うるわしき日々』の刊行は一九九七年十月で、江藤の死の二年以上前だが、この作品について彼は沈黙を守った。ただし彼は、家に入り込んだアメリカ人青年ジョージと関係を持った時子の俗性の極限として、彼女の「母」から「娼婦」への変貌を描き出してはいたのである。『成熟と喪失』で江藤は、作者の意図とは全く別の方向から彼女の〝穢れ〟について語っていた。江藤の言う「娼婦」性とは、「自然」を拒否して「人工」に就いた女性の属性のことである。日本的な「自然」から脱落し、アメリカ的な「人工」への戦後的な価値観基準の移行とそれに伴う日本人の変貌、新築された「外国ふうの家」は時子の「反母性的な自己」＝「娼婦」の identity の獲得を暗示するものと見なされる。

（3）椎名麟三の『深夜の酒宴』、『重き流れの中に』から、武田泰淳の『風媒花』、梅崎春生の『ボロ家の春秋』の主人公たちに共通に見られる〝優柔不断〟さの根本的な要因は、「父」の鏡像の不確かさから来る「反攻」の不可能というところにある。

（4）『古今集仮名序』。

（5）「このとき作者は、ついに健三に「父なるもの」の存在を、きっぱり拒否させたのである」。

年譜

一九三二（昭和七）年　当歳
十二月二十五日、東京府豊多摩郡大久保町字百人町三丁目三百九番（現、新宿区百人町二丁目十四番地）に、銀行員の父・江頭隆、母・廣子の長男として生まれる。本名・淳夫。

一九三七（昭和十二）年　五歳
六月十六日、母・廣子を結核で喪う。享年二十七。

一九三九（昭和十四）年　七歳
一月、父・隆が日能千恵子と再婚。四月、戸山小学校に入学。登校を好まず、また肺門リンパ腺炎により、この年三十数日しか登校せず。納戸にこもり『明治大正文学全集』（春陽堂）、『世界文学全集』（新潮社）などを読む。

一九四一（昭和十六）年　九歳
鎌倉市極楽寺の義祖父の隠居所に転地療養。

一九四二（昭和十七）年　十歳
四月、鎌倉第一国民学校（小学校）に転校。

一九四四（昭和十九）年　十二歳
父、鎌倉市極楽寺に別宅を構え、一家は事実上疎開状態となる。

一九四五（昭和二十）年　十三歳
五月、大久保百人町の家B29の大空襲により焼亡、家財の大半を失う。
一九四六（昭和二十一）年　十四歳
四月、神奈川県立湘南中学校に入学。
一九四八（昭和二十三）年　十六歳
同中学で一級上の石原慎太郎と識り、従姉の夫で第一高等学校文科教授の江口朴郎より、ともに史的唯物論の話を聴く。七月、家運急激に傾き、鎌倉極楽寺の家を去り、東京王子の三井銀行社宅に移転。九月、東京都立第一中学（翌年の学制改革により、都立第一高等学校を経て日比谷高校に改称）に転学。ツルゲーネフ、チェーホフなどのロシア文学に親しむ。古本屋で見つけた伊東静雄の詩集『反響』の影響で詩を試作。同時に小林秀雄、中原中也、ジッドを乱読。
一九四九（昭和二十四）年　十七歳
アテネ・フランセに通いフランス語を学び始める。
一九五一（昭和二十六年）　十九歳
四月、新学期の健康診断で肺浸潤発見され絶望のうちに休学、ドストエフスキー、サルトルを読む。
一九五二（昭和二十七）年　二十歳
四月、復学。安藤元雄と識り、生徒会誌『星陵』第二号にメルヘン「フロラ・フロラアヌと少年の物語」を寄稿。
一九五三（昭和二十八）年　二十一歳

四月、慶応義塾大学文学部に入学。後に妻となる三浦慶子とは同級。
一九五四（昭和二十九）年　二十二歳
四月、英文科に進む。六月、結核再発。療養中に一転機を得、それまで親しんできた堀辰雄・立原道造的世界と訣別。
一九五五（昭和三十）年　二十三歳
七、八月、信濃追分の農家で『三田文学』編集部・山川方夫の求めに応じた、「夏目漱石論」を脱稿。同誌十、十一月号に分載（同誌翌年七、八月号に続編発表）。江藤淳と署名。
一九五六（昭和三十一）年　二十四歳
十一月、東京ライフ社より『夏目漱石』刊行。
一九五七（昭和三十二）年　二十五歳
三月、慶応義塾大学文学部英文科を卒業。卒論は《The Life and Opinions of the Late Rev. Laurence Sterne》。四月、同大学大学院英文学研究科修士課程に進学。五月、三浦慶子と結婚。武蔵野市吉祥寺に住む。この年、大江健三郎を識り、石原慎太郎と旧交を暖める。
一九五八（昭和三十三）年　二十六歳
十一月、石原慎太郎、大江健三郎らと「若い日本の会」結成、警職法改正反対を声明。同月、評論集『奴隷の思想を排す』（文藝春秋新社）。
一九五九（昭和三十四）年　二十七歳
一月、書き下し評論『作家は行動する』（講談社）。三月、慶應義塾大学院を退学。前年ジャーナリズムへの寄稿につき、大学院内規に抵触すると注意を受けたため。評論集『海賊の唄』(みすず書房)。

一九六〇(昭和三十五)年　二十八歳
一月、『作家論』(中央公論社)。十月、時事評論『日附のある文章』(筑摩書房)。

一九六一年(昭和三十六)年　二十九歳
七月、西独政府の招待により野村光一、柴田南雄、大木豊とともに渡欧、六カ国を旅し八月帰国。十一月、『小林秀雄』(講談社)。

一九六二(昭和三十七)年　三十歳
八月、ロックフェラー財団研究員となり、米国プリンストン大学に留学。十月、『西洋の影』(新潮社)。十一月、『小林秀雄』により第九回新潮社文学賞受賞。

一九六三(昭和三十八)年　三十一歳
六月、プリンストン大学東洋学科に教員として採用され、日本文学史を講義。十一月、『文芸時評』(新潮社)。

一九六四(昭和三十九)年　三十二歳
六月、帰国の途につき、ヨーロッパ経由で八月東京に帰る。

一九六五(昭和四十)年　三十三歳
一月、『アメリカと私』(朝日新聞社)。二月、山川方夫を交通事故で喪う。七月、東京教育大学(現・筑波大学)文学部講師となり、「アメリカ文化論」を講ず。

一九六六（昭和四十一）年　三十四歳
四月、『犬と私』（三月書房）。十一月、『われらの文学22　江藤淳　吉本隆明』（解説・大江健三郎、講談社）。

一九六七（昭和四十二）年　三十五歳
四月、遠山一行、高階秀爾と『季刊藝術』を創刊（編集実務は古山高麗雄が担当、一九七九年七月の第五十号で休刊）。六月、『成熟と喪失』（河出書房新社）。七月、『江藤淳著作集』全六巻（講談社）の刊行開始、十二月完結。八月、漱石伝取材のためロンドンに旅。

一九六八（昭和四十三）年　三十六歳
一月、『群像』発表の対談「現代をどう生きるか」で大江健三郎と厳しく対立、訣別のきっかけとなる。

一九六九（昭和四十四）年　三十七歳
五月、『崩壊からの創造』（勁草書房）。七月『表現としての政治』（文藝春秋）。

一九七〇（昭和四十五）年　三十八歳
一月、講演集『考えるよろこび』（講談社）。八月、書き下し評伝『漱石とその時代』（新潮選書）第一部、第二部。九月、『旅の話・犬の夢』（講談社）、ソビエト作家同盟の招きにより、藤枝静男、城山三郎とともに訪ソ。十月、『漱石とその時代』により菊池寛賞受賞。十一月、同じ著書により野間文芸賞受賞。

一九七一（昭和四十六）年　三十九歳

四月、東京工業大学助教授に就任。　　四十歳

一九七二（昭和四十七）年

三月、随筆集『夜の紅茶』（北洋社）。『現代の文学27　江藤淳集』（講談社）。四月、『アメリカ再訪』（文藝春秋）。八月、『現代日本文学大系66　河上徹太郎・山本健吉・吉田健一・江藤淳集』（筑摩書房）。十二月、日本文藝家協会常務理事に就任。

一九七三（昭和四十八）年　　四十一歳

一月、『江藤淳著作集続』全五巻（講談社）の刊行開始、五月完結。二月、東京工業大学教授に昇任、文学及び比較文化を担当。五月、『一族再会』（講談社）。六月、NHK解説委員となる。八月、講演録『批評家の気儘な散歩』（新潮選書）。十月、東京大学教養学部講師となり、総合コースに出講（翌年三月まで）。

一九七四（昭和四十九）年　　四十二歳

四月、『海舟余波―わが読史余滴』（文藝春秋）。同月、『江藤淳全対話』全四巻（小沢書店）刊行開始、七月完結。十一月、『決定版　夏目漱石』（新潮社）。

一九七五（昭和五十）年　　四十三歳

一月、『こもんせんす』（北洋社）。三月、学位請求論文『夏目漱石「薤露行」の比較文學的研究』により、慶應義塾大学より文学博士の学位を受ける。九月、『漱石とアーサー王傳説――「薤露行」の比較文学的研究』（東京大学出版会）。十二月『続こもんせんす』（北洋社）。

一九七六（昭和五十一）年　　四十四歳

一月、『海は甦える』第一部（文藝春秋）。以下第二部、同年二月、第三部、一九八二年七月、第四部、第五部、一九八三年十一月刊。四月、評論家としての全業績に対して第三十二回芸術院賞を授与さる。十月、東京大学大学院文学研究科講師併任（一九七八年三月まで）。十二月、『続々こもんせんす』（北洋社）。この年、自身のオリジナルによるドキュメンタリー・ドラマ『明治の群像――海に火輪を』が、NHK総合テレビで一月から十二月まで全十回にわたり放映される。

一九七七（昭和五十二）年　四十五歳

八月、三時間ドラマ『海は甦える』をTBSで放映。十二月、『再びこもんせんす』（北洋社）。

一九七八（昭和五十三）年　四十六歳

四月、『もう一つの戦後史』（講談社）。五月十五日、父・隆死去。享年七十六。同月、『なつかしい本の話』（新潮社）。六月、『フロラ・フロラアヌと少年の物語』（北洋社）。十一月、『再々こもんせんす』（北洋社）。十二月、外務省公開の外交資料の検討を目的に、「占領史録」研究会を組織。

一九七九（昭和五十四）年　四十七歳

一月、『歴史のうしろ姿』（新潮社）。六月、『仔犬のいる部屋』（講談社）。十一月、国際交流基金派遣研究員としてワシントンD・Cのウィルソン研究所に赴任、占領関係の資料研究に没頭、翌年七月帰国。十二月、『忘れたことと忘れさせられたこと』（文藝春秋）。

一九八〇（昭和五十五）年　四十八歳

三月、『パンダ印の煙草』（北洋社）。十月、『一九四六年憲法――その拘束』（文藝春秋）。

一九八一（昭和五十六）年　四十九歳

四月、『ワシントン風の便り』(講談社)。六月、開高健との対談集『文人狼疾ス』(文藝春秋)。十一月、『落葉の掃き寄せ――敗戦・占領・検閲と文学』(文藝春秋)。同月、『占領史録』(編著、講談社)第一巻『降伏文書調印経緯』を刊行、翌年八月までに全四巻完結。

一九八二(昭和五十七)年　五十歳

四月、鎌倉市西御門の新居に移転。十一月、『ポケットのなかのポケット』(講談社)。

一九八三(昭和五十八)年　五十一歳

三月、小林秀雄の死去にともない、青山葬儀所での本葬の司会を務める。六月、講演集『利と義』(TBSブリタニカ)。

一九八四(昭和五十九)年　五十二歳

九月、『自由と禁忌』(河出書房新社)。十一月、『西御門雑記』(文藝春秋)、同月、『新編 江藤淳文学集成』全五巻(河出書房新社)の刊行開始、翌年三月完結。

一九八五(昭和六十)年　五十三歳

九月、『大きな空 小さい空―西御門雑記II』(文藝春秋)。十月、蓮實重彦との対談集『オールド・ファッション』(中央公論社)。十一月、『近代以前』(文藝春秋)。十二月、『女の記号学』(角川書店)。

一九八六(昭和六十一)年　五十四歳

七月、『日米戦争は終わっていない』(ネスコブックス、文藝春秋)。十二月、小堀桂一郎との共著『靖国論集』(日本教文社)。同月、『去る人来る影』(牧羊社)。

一九八七（昭和六十二年）　五十五歳
三月、日本文藝家協会書籍流通問題特別委員会委員長となる。四月、『昭和の宰相たちⅠ』（文藝春秋）。六月、『同時代への視線』（ＰＨＰ研究所）。七月、『批評と私』（新潮社）。十一月、『昭和の宰相たちⅡ』（文藝春秋）。
一九八八（昭和六十三）年　五十六歳
二月、東京工業大学評議委員となる。四月、『落葉の掃き寄せ　一九四六年憲法――その拘束』（文藝春秋）。
一九八九（昭和六十四、平成元）年　五十七歳
一月、『昭和の宰相たちⅢ』（文藝春秋）。三月、『昭和文学全集27　福田恆存　花田清輝　江藤淳　吉本隆明　竹内好　林達夫』（小学館）。五月、富岡幸一郎によるインタビュー集『離脱と回帰と』（日本文芸社）。七月、『昭和の文人』（新潮社）。同月、『天皇とその時代』（ＰＨＰ研究所）。八月、『閉された言語空間――占領軍の検閲と戦後日本』（文藝春秋）。十一月、『全文芸時評』上下（新潮社）。十二月、『新編　夜の紅茶』（牧羊社）。
一九九〇（平成二）年　五十八歳
三月、『新編こもんせんす抄』（ＰＨＰ研究所）。四月、慶應義塾大学法学部客員教授に就任。六月、『昭和の宰相たちⅣ』（文藝春秋）。
一九九一（平成三）年　五十九歳
五月、石原慎太郎との共著『断固「ＮＯ」と言える日本』（光文社）。十二月、日本芸術院会員とな

る。同月、『日本よ、何処へいくのか』(文藝春秋)。

一九九二(平成四)年　六十歳

二月、慶応大学環境情報学部教授に就任。四月、『漱石論集』(新潮社)。十月、『言葉と沈黙』(文藝春秋)。

一九九三(平成五)年　六十一歳

七月、『大空白の時代』(PHP研究所)。十月、『漱石とその時代』(新潮選書)第三部。

一九九四(平成六)年　六十二歳

六月、日本文藝家協会理事長に就任。十一月、『腰折れの話』(角川書店)。十二月、『日本よ、亡びるのか』(文藝春秋)。

一九九五(平成七)年　六十二歳

四月、三田文学会理事長に就任。九月、『人と心と言葉』(文藝春秋)。

一九九六(平成八)年　六十三歳

三月、『渚ホテルの朝食』(文藝春秋)。同月、『荷風散策──紅茶のあとさき──』(新潮社)。四月、編著『日米安保で本当に日本は守れるか──新しい同盟は可能か』(PHP研究所)。六月、日本文藝家協会理事長に再選。七月、国語審議会副会長に就任。九月、『保守とはなにか』(文藝春秋)。十月、『漱石とその時代』(新潮選書)第四部。

一九九七(平成九)年　六十四歳

三月、慶應義塾大学環境情報学部教授を退任。四月、大正大学文学部教授に就任。七月、『群像日

本の作家27　江藤淳』（小学館）。十月、『国家とはなにか』（文藝春秋）。十二月、正論大賞に決定。

一九九八（平成十）年　六十五歳

二月、『月に一度』（扶桑社）。三月、義母・千恵子死去。同月、『南洲残影』（文藝春秋）。四月、『作家の自伝75　江藤淳』（日本図書センター）。十一月七日、妻・慶子死去。享年六十四。同月十一日の告別式の直後、急性前立腺炎のため横浜市西区のけいゆう病院に緊急入院、退院は翌年一月八日。十二月、『南洲随想　その他』（文藝春秋）。

一九九九年（平成十一）年　六十六歳

六月、脳梗塞の発作に見舞われる。七月、『妻と私』（文藝春秋）。同月八日、日本文藝家協会理事長を辞任。同二十一日、鎌倉市西御門の自宅浴槽で左手首を切り自殺。「心身の不自由は進み、病苦は堪え難し。去る六月十日、脳梗塞の発作に遭いし以来の江藤淳は形骸に過ぎず。自ら処決して形骸を断ずる所以なり。乞う、諸君よ、これを諒とせられよ」の遺書（同日付）を遺す。十月、『幼年時代』（文藝春秋）。十二月、『漱石とその時代』（新潮選書）第五部、解説・桶谷秀昭。

＊本年譜の作製に当たっては、『新編　江藤淳集成5』の「江藤淳年譜」（昭和六〇年二月二八日　著者自筆とある）をもとに、一九八五（昭和六十一）年以降については、武藤康史編「江藤淳年譜」（「文學界」一九九九年九月号）を参考にした。

あとがき

戦後文学が急速に風化しつつあった一九七〇年代は、あえて言うなら詩と批評の時代であった。だがそれは、詩と批評の時代的な風化が、小説よりやや遅れてやって来た分、一時的に華やいで見えただけのことだったのかも知れない。

いずれにせよ、文学の一ジャンルとしての賑わいが去った後に詩や批評が、時代の熱気などとは無縁なところで、ごく少数の書き手によって、少数の読者を相手に、か細い声を響かせているというのは、むしろ常態であり〝正常〟な姿なのである。

ところで右に述べた「風化」というのは、必ずしも言葉の無力ということで、片づけられる問題ではない。一説によるとこの時期に私たちは、室町時代以来の社会史的な大変動を経験したのだから、文学だけが風化を免れるなどということは、あり得ないからである。

それだけに一人の文学者の言葉が、それ以前と、時代の追い風が過ぎ去った以後を、一身で通過することの困難は、想像に余りある。江藤淳という今は亡き批評家をめぐって、私たちはまずそのことに率直に驚いてみるべきなのではないか。

彼が好んで引いた福沢諭吉の言葉を借りるなら、「恰《あたか》も一身にして二生を経るが如く一人にして両身あるが如し」（『文明論之概略』）という時代の変化を、確かに私たちはあの時期に経験したのである。おそらくそれは、幕末維新期や敗戦時と違って、時を隔てなければ人々の眼には見え難く、それだけに決定的な何ものかであったのだ。

その最中、江藤淳がすでに戦後の批評家として、不動の地位を築き上げていた一九七〇年代の前半に、私は真剣に彼の著作を読み始めたが、思えばその頃の彼は、またしても福沢の言葉を拝借するなら「此困難なる課業」を、「偶然の僥倖なきに非ず」といった余裕で受け止める器量を持ち合わせた批評家だった。同じその時期に、私は一度だけ江藤淳の生の声を聴く機会があった。

自筆年譜の一九七五年六月の項には、次のような記述がある。「早稲田大学比較文学会公開講演会に招かれ、『漱石とアーサー王伝説』と題して講演、来聴者の熱烈な拍手を受けて深く感動する」。その来聴者の中に、私はかなり薹《とう》の立った学生として紛れ込んでいた。熱烈な拍手という江藤の記載には、全く誇張は含まれていない。万雷の拍手鳴り止まずといった印象で、講演後の江藤淳は明らかに「感動」の面もちであった。

ちょうどその頃、慶応大学への学位請求論文のテーマでもあったこの「漱石とアーサー王伝説」について、大岡昇平との間に激しい論争があり、興奮気味の江藤淳は大岡の名を挙げずに、だが執拗な反論をそこで行っていた。

ところで、彼がこのテーマについての手掛かりを得たのは、同じく自筆年譜によると、一九六七年の漱石伝取材のためのロンドンへの旅でだった。この時テイト・ギャラリーでターナー・ラファエル前派の絵画にはじめて接した感銘がヒントとなって、やがて江藤は漱石の初期作品「薤露行」に現れた、この世紀末ロマン派を媒介にしたアーサー王伝説の影響を、実証的な比較文学論として展開することになったのである。

江藤淳が亡くなった後の二〇〇〇年の春に、東京新宿の安田火災東郷青児美術館で行われた「ラファエル前派展」で、私ははじめてロセッティやジェイムズ・アーチャーの絵画に接し、「死の影」に浸透された世紀末ロマン派の芸術と漱石、江藤淳の繋がりが、漸く見えてきたような気がした。出品された作品は、マンチェスター市立美術館のもので、江藤淳がヒントを得た現物とは別のものではあったのだが。

早稲田での講演当時、私は江藤淳の読者にはなっていたが、如何せんこのテーマに深入りするほどの教養を持ち合わせてはいなかった。比較文学会の主催とはいえ、大学での公開講演のテーマとしては、専門的すぎるのではないかと思ったほどだ。そのこともあって、あの会場での「来聴者の熱烈な拍手」には、個人的に曰く言い難い違和感を覚えたものである。そもそも当時の私には、保守派とはいえ江藤淳が時代に受け入れられた存在であるということさえ疑わしかった。講演会場となったその文学部の大教室に、江藤淳の真の〝味方〟がいるなどとは、到底思えなかったのである。

彼の批評は誇らしげに孤立している。そう思ったから、私は彼の読者になったのだ。その孤立のイメージは、『近代以前』として単行化されるかなり以前の「文学史に関するノート」を、大学の図書館で雑誌からコピーして読んでから、いよいよ決定的なものになった。七〇年代半ばといえば、すでに構造主義や記号論が現代批評の知的意匠として、隆盛を極めていた時期であったが、ひねくれ者の私は、これこそが真に記号論的な批評作品ではないかと秘かに快哉を叫んでいた。

もう一つ江藤淳にまつわる個人的な想い出があるとすれば、彼が編集に当たっていた『季刊藝術』という大判の雑誌についてである。これは単に文学の雑誌にとどまらず、音楽論あり、絵画論ありの総合芸術誌であったが、エディターシップの根本にかかわる問題として、何よりもフェアな雑誌であったと思う。具体的に何処がそうだったのかと言うと、例えばプルーストについての論考のすぐそばに、歌謡曲論があり、しかもその両者がともに全く読者に媚びずに両立しているところが、奇跡的にフェアだったのである。

才能と学力に恵まれた知的エリートに媚びつつ、結局その知性を枯らしてしまう雑誌は、今もあとを絶たず、そのことで「恰《あたか》も一身にして二生を経るが如く一人にして両身あるが如」き、近代日本の悪循環は依然として続いているのであるが、『季刊藝術』はその意味でも清々しい雑誌だったと、私は一読者として自信をもって証言できる。

雑誌休刊後も江藤淳は批評家として、たくさんの仕事を残した。その全てを最後まで丁寧に追い続けたかと問われると、忸怩たるものがあるが、この論攷で私はかつて江藤淳を感激させた「来聴者の熱烈な拍手」に対する、共感と違和への決着だけは、はっきりとつけたつもりである。そのことにたっぷり二十五年もかかってしまった。

なお、本書の第一章は『文學界』（二〇〇〇年八月号）に発表した、「江藤淳の『他者』と『私がたり』」を大幅に加筆したもので、その他の章はすべて書き下しである。刊行に当たっては、企画段階で今は退社された筑摩書房の井崎正敏氏、編集段階では湯原法史氏にお世話になった。

高澤秀次（たかざわ・しゅうじ）
一九五二年生まれ。早稲田大学第一文学部（文芸専攻）卒業。主な著書に、『評伝 中上健次』（集英社）、『海をこえて 近代知識人の冒険』『戦後知識人の系譜』（ともに秀明出版会）、『昭和精神の透視図』『辺界の異俗』（ともに現代書館）などがある。

江藤 淳
神話からの覚醒

二〇〇一年一一月一〇日 初版第一刷発行

著者――高澤秀次
発行者――菊池明郎
発行所――株式会社筑摩書房
東京都台東区蔵前二―五―三
郵便番号一一一―八七五五
振替〇〇一六〇―八―四一二三
印刷――明和印刷
製本――牧製本

ISBN4-480-84733-2 C1010

乱丁・落丁本の場合は、お手数ですが左記にご送付ください。
送料小社負担にてお取り替えいたします。
ご注文・お問い合わせも左記へお願いします。
さいたま市櫛引町二―六〇四 筑摩書房サービスセンター
郵便番号三三一―八五〇七
電話番号〇四八―六五一―〇〇五三